EUROPA

DOSSIER MØRDEN

Nicodème & Lefèvre

Nathan

« Le cycle annuel est imprévisible à Bergen. Les saisons peuvent apparaître comme des cartes dans la manche d'un prestidigitateur céleste : un temps neigeux inattendu en mars, un gel nocturne subit en mai, une journée ensoleillée et quinze degrés au-dessus de zéro en janvier. »

Gunnar Staalesen, *La nuit, tous les loups sont gris*

« Le saumon vit dans des boîtes de fer-blanc, dont il ne sort que le dimanche soir quand des amis arrivent à l'improviste. »

Groucho Marx, *Mémoires d'un amant lamentable*

« Mais la solution, c'était faire quelque chose ! On ne peut douter de celui qui agit. Rien ne me venait à l'esprit, je n'avais pas de devoirs, car je n'allais pas encore à l'école. Voilà pourquoi je restais immobile, le regard fixe. Sur le maquereau cuit, sur cette mer de livres. »

Karin Fossum, *Le diable tient la chandelle*

1

19 juin, 16:28:47 à ma montre chronomètre,
lait à la noix de coco + sablé aux pépites.

Pour oublier le sale tour que m'a joué La Sardine, je ne vois qu'une solution : avaler au moins une dizaine de sablés aux pépites.

Ce matin, Jonathan était dans la salle de bains en train de faire couler des cataractes dans le bac à douche pour que je croie qu'il se lavait vraiment, *quand j'ai entendu le* fritt fritt *du courrier que le facteur glissait sous la porte. J'adore ce bruit, surtout quand mon frère n'est pas là pour se précipiter sur les lettres et aller lire dans son coin celles qui sont pour nous deux. Cette fois j'avais gagné le gros lot : une grande enveloppe beige ressemblant à celles qu'utilise Dad quand il a des photos à nous envoyer.*

En ce moment il est à Dubaï, un pays du golfe Persique où on construit à tour de bras des hôtels sous-marins et des îles artificielles qui ont la forme de palmiers. Ils sont dingues, ces Dubaïens ! Dad est en train d'y bâtir une tour qui sera presque deux fois plus haute que la tour Eiffel. On peut dire qu'il gagne sa vie à la sueur de son front : dans ce pays, il pleut zéro jour par an et, l'été, le thermomètre ne descend jamais en dessous de 28° la nuit et de 38° le jour. L'endroit rêvé pour ce frileux de Jonathan. Moi, je préfère largement la Norvège.

Pour revenir à cette fameuse enveloppe, j'avais tout faux : elle venait de Paris *et non de Dubaï, elle portait une étiquette imprimée au lieu de l'écriture de Dad, et elle était adressée à* Olivia Cavendish *et non à* Olivia et Jonathan. *J'ai d'abord pensé que mon frère allait encore faire la tête, avant de comprendre très vite qu'il n'y avait pas de risque. Ce courrier-là, je m'en serais bien passée : quatre grandes pages couvertes de caractères minuscules et trouées d'immenses blancs à remplir...* UN DEVOIR D'ALLEMAND ! *Déjà que toute l'année on est assaillis par ces saletés de devoirs par correspondance, sous prétexte qu'on ne peut pas aller au collège comme tout le monde... Je pensais quand même pouvoir passer l'été tranquille !*

Et un devoir d'allemand, en plus ! Un vrai cadeau empoisonné. Mitonné par La Sardine, évidemment.

La Sardine, c'est maman. Tiphaine Cavendish, quoi ! C'est moi qui l'ai baptisée comme ça, parce qu'elle est née à Douarnenez et qu'elle est haute comme trois pommes et mince comme un fil. Inutile de préciser que c'est un truc entre Jon et moi et qu'elle n'est pas au courant (enfin j'espère). D'ailleurs c'est valable seulement les jours où elle nous énerve, c'est-à-dire pas très souvent. Dans l'ensemble, elle est vraiment sympa et on la surnomme Chouchen.

Après le coup du devoir d'allemand, elle peut toujours courir pour que je l'appelle Chouchen !

Les langues, c'est une de ses obsessions. Elle parle l'anglais aussi bien que le prince William, en italien elle roule les r comme la Castafiore, et elle pourrait soutenir une conversation philosophique avec la chancelière d'Allemagne. Elle a fait du latin et du grec, se débrouille en espagnol et connaît une bonne centaine de mots arabes. Le jour où je lui ai suggéré de se lancer dans le letton ou le népalais, une petite étincelle s'est allumée dans ses yeux noisette mais finalement elle a répondu :

– Je pencherais plutôt pour le mandarin. La Chine est le pays de l'avenir.

Alors, bien sûr, quand je me contente d'ajouter un s *pour mettre un mot allemand au pluriel (logique, non ?), ça lui fait à peu près le même effet qu'à moi quand elle nous sert de la crème à la vanille pleine de grumeaux. (Je veux bien reconnaître que je suis moyenne en langues, mais au moins mes soufflés au fromage ne sont pas raplapla comme des crêpes et je ne confonds pas le curry avec la cannelle !)*

La Sardine a une autre obsession : les affaires criminelles. Attention, *pas n'importe lesquelles : uniquement celles qui remontent au déluge et que personne n'a jamais réussi à élucider. L'homme cagoulé qui fait irruption dans une banque pour piquer la caisse n'est pas du tout son truc.* Par *contre, si elle entend parler d'un moine unijambiste qui a écumé les* Cévennes *en l'an* 1664 *en trucidant les chats à coups de fourchette, elle ira camper nuit et jour aux* Archives *dans l'espoir de trouver la clé de l'énigme. Ça excite beaucoup Jonathan, il adore mettre la main à la pâte pour l'aider dans ses recherches... qui n'aboutissent jamais nulle part. Ça nous fait bien rigoler, Dad et moi ! Dad (on l'appelle aussi Fuseau-horaire, ou L'Étoile-filante, ça dépend de notre humeur) a beau n'être que mon père adoptif, je m'entends très bien avec lui. Lui et moi, on a les pieds sur terre. Ça ne nous empêche pas d'avoir parfois la tête dans les nuages !*

Mon vrai père... je ne l'ai même pas connu. Il y a quatorze ans, il est tombé fou amoureux de Chouchen deux minutes et demie après l'avoir rencontrée dans un musée de Florence et lui a fait passer trois semaines de rêve. Au moment de la raccompagner à l'aéroport, il a bredouillé entre deux tourniquets qu'il vivait à Naples avec une femme qu'il adorait et avec qui il avait eu des quadruplés. Elle – Chouchen, pas la Napolitaine – est rentrée à Paris avec un kilo de Kleenex dans son sac et en se promettant de ne plus jamais tomber amoureuse. Un mois après elle a découvert que son Vittorio lui avait laissé un cadeau d'adieu – moi –, et six mois plus tard, au musée d'Orsay, elle a rencontré un Écossais pure laine d'Édimbourg (Christopher Cavendish = Dad) et oublié ses bonnes résolutions.

Conclusion : Chouchen adore les étrangers et ferait peut-être bien d'éviter les musées. Sauf qu'elle ne peut pas, puisqu'elle écrit des guides de voyage. Enfin, des bouquins à la Chouchen : on y apprend toutes sortes de trucs un peu bizarres dont ne parle aucun des autres guides, genre l'adresse des casernes de pompiers d'une ville, la place où les chiens sont heureux de se retrouver, ou un itinéraire piéton qui évite tout feu de signalisation (un vrai casse-tête !)...

Comme on déménage dès qu'elle a fini de rédiger un guide, Jon et moi suivons des cours par correspondance. (En septembre prochain, Jon « entre » en quatrième et moi en troisième.) Et comme elle est obligée de rencontrer toutes sortes de gens et d'aller vérifier sur place ce qu'elle raconte à ses lecteurs, on est souvent livrés à nous-mêmes. Parfois c'est bien, parfois c'est moins bien. Ce matin, c'est moins bien. La Sardine est partie visiter une fabrique d'édredons aux environs de Bodø : je ne peux même pas lui faire une scène à propos des devoirs d'allemand. Et à son retour elle va nous raconter des anecdotes passionnantes et je ne pourrai plus l'appeler La Sardine…

Enfin, je vais voir. Cette fois, elle a vraiment abusé, et en plus…

2

19 juin, après-midi, mer calme à peu agitée, 15°, petits cumulus de beau temps, légère brise qui lève les poils des bras, pas vu l'aigle de Bodø.

J'en reviens pas ! Si je ne lui avais pas arraché des mains notre grand cahier, elle serait encore en train de raconter sa vie ! Olivia exagère : elle avait promis de me laisser commencer le log book[1]*, et elle a avancé son tour histoire d'être tranquille pour son* cooking. *Je ne sais pas quel plat elle a décidé de préparer ce soir mais c'est un truc qui la rend nerveuse. Tout ça pour de la bouffe...*

Olive est vraiment une emmerdeuse. Je ne devrais peut-être pas écrire ça : elle ne va pas aimer. Elle me

1. (anglais) Journal de bord. *(Toutes les notes du roman sont des auteurs)*.

regardera en tirant sur ses cheveux frisés et elle me lâchera : « Ça, ça n'a pas sa place dans notre journal de bord. Jon, on avait un accord. Si tu es incapable de le respecter, on laisse tomber. » Quel accord ? C'est Olive qui a imaginé un contrat avec... elle-même. L'idée du journal ne lui appartient pas. Pas du tout. C'est Chouchen qui nous l'a soufflée, après qu'elle m'a vu, MOI, raconter nos voyages en détail sur des kilos de cartes postales que je ne savais pas à qui envoyer. Fuseau-horaire, lui, les cartes postales, il s'en fout, il préfère qu'on lui raconte tout de vive voix, au téléphone et quand on le retrouve en vacances. Donc, notre journal. Donc, 50 % Jonathan. Je fais ce que je veux dans mes 50 %, et si Olive envahit mon territoire, ce sera la censure. Si elle veut, elle peut m'insulter dans sa moitié, je ne dirai rien. OK, Olive ? Toi comprendre moi te dire ? Des deux, ce n'est pas moi l'emmerdeur, faudrait pas déconner quand même...

Cela fait juste une semaine aujourd'hui que nous sommes installés à Mørden, à une dizaine de kilomètres au sud de Bodø, dans le Nordland. Une semaine, déjà, que jeg bor i Norge[1] *! Ça nous change de l'Allemagne.*

1. (norvégien) Je vis en Norvège.

C'est mieux, beaucoup mieux, en plus froid. Beaucoup plus froid. Chouchen aurait pu choisir une maison du côté d'Oslo : là-bas, l'été, c'est presque comme en France. Quand je pense que Dad a l'intention de nous faire grimper en famille jusqu'à Vardø, au-delà du cap Nord, 8° quand tout va bien, je vais me faire greffer la couette sur le dos... Du coup, je ne suis pas si pressé de le voir arriver. On aurait mieux fait de le rejoindre ! Le guide de Chouchen sur la Norvège pouvait bien attendre l'automne (bon, il aurait fait plus froid, c'est vrai). Dad, à Dubaï, il s'enrhume à cause de la clim : il passe d'un hôtel climatisé à une voiture climatisée, d'une voiture climatisée à un bureau climatisé, et dans les petits intervalles entre toutes ces souffleries il prend du 50° sur son crâne dégarni. C'est peut-être un peu chaud, mais on doit s'habituer. Plus facilement en tout cas que dans l'autre sens. Pour se rafraîchir, il suffit de regagner un espace protégé. Et il y a tellement d'argent à Dubaï qu'on y vit comme sous une cloche de verre avec un ventilateur géant.

Ici, ça va encore pour le moment. La fraîcheur dans la journée, ça peut aller. La nuit, moins. Dès que je sors de la couette (très confortable, merci), je sens l'humidité me remonter le long des jambes à la vitesse grand V. Cinq minutes après avoir posé la pointe des pieds sur le plancher, j'éternue. Ma série de cinq éternuements du matin, d'habitude, c'est après *le petit déjeuner, après... pas avant ! Je couve peut-être quelque chose, comme dirait Chouchen ? Et si j'avais chopé une allergie ? Une allergie aux* reker *si ça se trouve, ces grosses crevettes n'étaient pas fraîches...*

La maison que Chouchen a louée pour notre séjour est quand même sympa, peinte en rouge vif, avec un étage. Elle est à la sortie nord de Mørden, à flanc de colline, à deux cents mètres du rivage où se trouve un hangar à bateaux avec des kayaks de mer qui sont compris dans la location (ça, c'est fun*). De la maison, on aperçoit une partie du port en contrebas sur la gauche. Et en montant dans les sapins, on devine, à l'ouest, l'horizon, au-delà des îles Valvik. Au nord, Bodø et son fameux maelström*[1]*, le Salstaumen. Savoir que ce truc bouillonne en permanence, ça fiche la trouille. Rien à voir avec les baïnes*[2] *de la côte Atlantique en France. Ici, tomber dans le bouillon vous envoie directement dans l'enfer des monstres, des trolls et des dragons de l'envers du monde. Et lorsque vous discutez*

1. Violent tourbillon marin dû à des courants contraires.
2. Petites piscines naturelles se formant dans un banc de sable, qui, en se vidant brutalement, sont dangereuses pour les baigneurs.

avec un dragon de l'envers du monde, dites-vous bien que votre mort même n'était qu'une petite partie de poilade : vous êtes devenu un pixel hurlant à la surface de la matière. Vous voyez ce que je veux dire ? Non ? Moi non plus, mais je suis certain que vous êtes parvenu au cœur de l'horrible, dans les tubes intramusculaires de l'effroi...

Brrr... ça glagaille. *Je me demande si je ne vais pas enfiler le gros pull que Chouchen m'a offert pour l'hiver prochain. Germaine non plus, ma tillandsia*[1]*, n'a pas l'air en forme. Cadeau de mon Étoile-filante de père, elle est arrivée dans ma vie voilà près d'un an, et c'est sa première défaillance officielle. Et si mon allergie était contagieuse ? Elle avait pourtant bien supporté le voyage dans l'Espace (là, normalement, Olivia devrait savourer ce jeu de mots...). Plus de trois mille kilomètres de voiture sans se flétrir, sans piquer de la racine ou de la feuille. Nous, petits humains, nous avons souffert... Au volant, Chouchen est une* calamistrophe. *Elle oublie qu'elle roule* déjà *en cinquième, ou qu'à un panneau stop on n'attend pas que ça passe au vert. Et, quand on lui demande de s'arrêter : « Jon, tu pouvais pas prendre tes*

---

1. Plante (famille des broméliacées) originaire d'Amérique tropicale, qui n'a besoin ni de terre ni d'eau pour pousser.

précautions ? La prochaine aire de repos est dans quarante kilomètres ! Il n'y a qu'un garçon pour... »

En route, on s'est arrêtés deux jours à Oslo puis, pour la nuit, à Trondheim, après une pause à Lillehammer (je voulais absolument voir la ville des Jeux olympiques d'hiver de 1994), avant de foncer le lendemain sur Mørden. À quelques kilomètres du but, une dernière halte pour des frissons et des photos au Polarsirkelsenter, le Centre du cercle polaire, un endroit pour les touristes. Le seul à marquer la ligne séparant les régions tempérées (c'est vite dit) du Grand Nord. C'était émouvant. De nous trois, il n'y avait que moi qui sentais en plus combien on quittait le monde civilisé pour celui des territoires sauvages. J'ai eu l'impression qu'on pénétrait dans Croc-Blanc, *le roman de Jack London.*

Heureusement, on a quitté la route E6 qui s'envole vers le Bout-du-Monde-glacé et on s'est posés dans la maison rouge. On a chacun sa chambre, il y a une cheminée dans le séjour, la télé, des couettes et des édredons partout et plein, mais alors plein de casseroles, de gamelles, de plats, d'assiettes et d'ustensiles de cuisine, comme si Mme Andersen, la propriétaire, était au courant de la manie de ma sœur.

Quand elle cuisine, Olivia prépare ses mélanges en regardant distraitement la télévision. Il lui faut des images, des images de n'importe quoi, ça dépend des pays. Des documentaires, des jeux débiles, des séries américaines comme Six Feet Under *(pas mal) ou* Desperate Housewives *(ça, c'est génial), et souvent des infos. Elle peut mélanger des blancs en neige à du chocolat tout en regardant un reportage sur la pêche à la mouche dans le Montana,* incredible *!*

Olive exagère quand même de monter autant le son, surtout qu'elle ne comprend rien au norvégien.

Mais qu'est-ce que...

3

Agacée, Olivia tira sur une mèche de ses cheveux bouclés. Jonathan n'était encore qu'un gamin. Oui, c'était bien à lui de commencer la rédaction du *log book*, mais elle avait préféré avancer son tour pour se consacrer à une tâche autrement importante : préparer le dîner pour deux machines. Entre La Sardine qui ne faisait pas la différence entre une huile d'olive et une huile de tournesol et Jon qui considérait la nourriture comme un simple carburant… Certains jours, comme aujourd'hui, les bras lui en tombaient. Le repas norvégien qu'elle avait concocté la veille avait été un flop ; ce soir, ils se contenteraient d'une pizza maison avec ces immangeables tomates norvégiennes gorgées d'eau. Pas la peine d'avoir le soleil de minuit à disposition six mois de l'année !

Tandis que Jonathan, ses cheveux blonds en pétard, penché sur leur journal de bord, avait repris son grand œuvre, Olivia préparait sa pâte, prenant soin de la travailler en souplesse, la malaxant entre ses mains jusqu'à en expulser la moindre bulle d'air. Elle avait allumé la télévision. Sur la chaîne NRK, on diffusait un de ces téléfilms américains qui jouait parfaitement son rôle, habituel pour Olivia : un décor sonore et visuel meublant sa cervelle, et lui permettant de réfléchir à autre chose avec détachement et sérénité.

La musique du générique marqua une pause dans l'esprit d'Olivia, qui cessa de pétrir sa pâte et la mit à reposer dans un saladier en bois. La cuisine ouverte lui parut tout à coup pratique et agréable, presque aussi facile à vivre que celle de l'appartement familial dans le dixième arrondissement de Paris, près de la gare du Nord. Ici, l'écran de la télévision était un peu plus petit, ou trop loin du plan de travail. On voyait bien que Mme Andersen, la propriétaire, n'associait pas les deux activités : derrière le comptoir, on préparait les repas ; devant, on regardait la télévision dans le coin salon. Dans cette grande pièce, on ne mélangeait pas les genres : en entrant, sur la gauche l'œil butait d'abord sur un vieux piano droit, puis se succédaient une grande bibliothèque en bouleau, des canapés de coton rouge face à la cheminée et au téléviseur. Dans le coin opposé, un vaisselier en bois peint s'appuyait au comptoir de la cuisine, tout près de la grande table de bois brut.

La page de publicité était tournée. Débutait un journal télévisé. Olivia leva distraitement le nez. Le présentateur donna les titres. Un attentat à l'étranger avait fait de nombreuses victimes. Une voiture piégée avait explosé devant l'entrée d'un grand hôtel. Les images de la façade dévastée donnèrent à Olivia une impression de déjà-vu. Elle monta brutalement le son, puis zappa furieusement avant de trouver la touche de TV5. Un flash d'infos spécial précisait que le hall du Grand Hyatt Dubaï était comme chaque matin particulièrement fréquenté : beaucoup d'étrangers y attendaient les autocars qui les emmenaient à leur travail. Pour la plupart, ils rejoignaient, dans le quartier des affaires, le chantier d'une tour gigantesque, Burj Dubaï, qui serait la plus haute du monde. Olivia cria.

Assis à la grande table, Jonathan eut un geste d'impatience. Avant de comprendre.

Il rejoignit sa sœur qui s'était approchée de la télé.

– Olive, non, hein ? C'est pas Dubaï… Hein ? Olive !

Elle lui prit la main et la serra de toutes ses forces.

En silence, tous deux regardaient maintenant au-delà des images. Au-delà du trou béant qui attirait leur œil à l'intérieur de l'hôtel. Le sol du hall était jonché d'éclats de verre, de plaques de béton, de ferraille. Policiers et sauveteurs s'affairaient derrière des équipes de télévision qui commentaient l'horreur pour leurs chaînes nationales. Parmi les victimes, on comptait des ressortissants d'une dizaine de pays occidentaux. Dont des ingénieurs. Dont Christopher Cavendish, forcément.

Aucun nom n'avait été cité par l'envoyé spécial. L'entreprise de leur père avait été mentionnée, comme d'autres.

– Il est mort, j'en suis sûr !

– Mais non… dit Olivia sans conviction.

– Je te dis que si !

– On n'en sait rien. Il faut attendre.

– Attendre quoi ? Il faut prévenir maman.

– Jon… Chut ! Attends la fin des infos.

Jonathan se débarrassa brutalement de la main d'Olivia qui serrait toujours la sienne, prêt à sortir de la maison.

– Une minute, Jonathan, il ne faut pas s'affoler pour rien !

– Pour rien ?

Il resta cependant au côté de sa sœur, hypnotisé par l'écran.

Mais le journaliste répétait les mêmes informations en boucle, n'ayant rien de nouveau à dire : voiture piégée, treize morts, au moins quarante blessés, vingt-neuf Occidentaux, absence de revendication.

– Viens, dit Olivia en éteignant la télévision. Allons téléphoner à Chouchen.

– Elle sait peut-être quelque chose, commenta Jonathan à mi-voix, comme pour se rassurer lui-même.

Dans une coupelle sur le comptoir de la cuisine, Olivia rafla au passage toute la monnaie. Ils filèrent vers le port où ils avaient repéré une cabine. Olivia introduisit une pièce de 5 NOK[1] dans l'appareil, perdit son calme en composant le numéro. Leur mère avait éteint son portable. Olivia improvisa :

– Maman, c'est nous… Il y a eu un… attentat à Dubaï. On a vu des infos à la télé mais on ne sait rien pour Dad… Il faut appeler l'ambassade… Pourquoi tu coupes toujours ton portable ? Reviens ! Reviens vite !… Dès que tu as ce message… Tu entends ?

---

1. Abréviation de Krone (couronne), monnaie nationale divisée en 100 øre. 100 NOK valent environ 11 euros.

Jonathan et Olivia se regardèrent, et Jon prit le combiné des mains de sa sœur, tendit la main dans sa direction. Elle lui donna une pièce. À son tour il eut droit à une boîte vocale :

– Dad, si tu es vivant, rappelle-nous ! Dad, rappelle-nous. Rappelle-nous. Appelle…

Olivia coupa la communication et poussa son frère hors de la cabine.

– Il est mort, je le sens dans mon sang. Il est mort. C'était écrit. Je lui avais dit de ne pas aller à Dubaï. Il est mort.

– Non, rien n'est écrit, Jon. Rien. Si Dad est blessé, ou s'il est mort, quelqu'un nous préviendra. Pour le moment, on ne sait rien.

Tout en lui parlant, elle lui avait pris l'épaule et le poussait en direction de la maison rouge. Rien, sur le port de Mørden, ne pouvait les réconforter.

– Et sur les treize morts, reprit calmement Olivia, c'est impossible qu'il y ait un Écossais.

– Pourquoi ?

– Ça va contre toutes les lois des probabilités.

– Tu parles d'un argument !

À peine étaient-ils entrés dans le salon, Jonathan se précipita sur la télécommande, entamant aussitôt une séance de zapping frénétique. Sur BBC World et

CNN, d'autres journalistes commentaient d'autres images. Deux Britanniques et un Américain figuraient au nombre des victimes ; de nombreux États condamnaient l'attentat, à commencer par l'émirat de Dubaï.

– Jon, viens t'asseoir, dit Olivia. Soyons un peu patients. Chouchen aura eu notre message et elle est déjà sur la route. Si ça se trouve, Dad l'a déjà appelée…

– Ne me donne pas de faux espoirs. Je préfère m'habituer à sa mort… *Where is* Germaine ? demanda-t-il soudain.

– Là, répondit Olivia en lui indiquant d'un geste de la main un coin du comptoir.

Jonathan traversa la pièce, remit nerveusement en place les feuilles duveteuses de sa tillandsia comme sa sœur pouvait le faire avec ses cheveux. Cela mit Olivia mal à l'aise.

Elle allait tenter une diversion lorsqu'on frappa à la porte. Comme un sourd. Jonathan se rua.

C'était Olrik Helgelund, un éleveur de saumons que leur mère avait rencontré pour son livre et dont elle avait dit qu'il était « plutôt bizarre ». Un éleveur qui était aussi leur plus proche voisin, occupant une maison un peu à l'écart du port, en contrebas de la maison rouge. Olivia et Jonathan le voyaient pour la deuxième fois et là, oui vraiment, ce type avait une drôle de tête, du genre renfrogné : un visage large vissé directement sur les épaules, un bonnet de laine polaire moutarde qui comprimait son front comme pour empêcher son minuscule cerveau de se barrer, pensa Jonathan, un nez très long, très fin et tordu comme une carotte nouvelle, s'étonna mentalement Olivia, qui lui trouva aussi le teint sanguin et graisseux d'une tranche de faux-filet.

Et tous deux n'eurent pas besoin de se consulter pour penser qu'Olrik n'avait pas envie de rire.

4

19 juin, début de soirée, la mer fait son travail, la brise est tombée, les macareux ont des têtes de goinfres, j'ai vu l'élan parleur.

La mort de mon père vient d'entrer dans ma vie et j'entre dans ma mort.

C'est exactement ce que j'ai pensé quand Olrik est venu à la maison rouge. En temps normal il a déjà une sale tête (on dirait celle d'un élan, en plus large et en plus coloré : une figure rouge et dorée sous un bonnet jaunâtre piquée au-dessus d'une veste noire en Goretex), mais quand il doit rassurer des gens, il ressemble à un gros troll prêt à vous précipiter dans l'envers du monde. Olivia, dans son mauvais anglais, lui a dit d'entrer. Ou il n'a rien compris ou... je sais pas... ou c'est un plouc, un dingue, un crétin, un type louche. À ce moment-là, quand il nous regardait comme si nous étions deux égarés cactus dans son froid pays, tout était possible. Après, on a su à qui on avait affaire. Enfin, moi, je l'ai su ! Olive se tâte encore, hésite, doute, croit que, espère que, réfléchit à, pèse le contre et retient le pour...

Mais je vais trop vite. Il est là, à la porte de la maison, refusant d'entrer, embarrassé, mal à l'aise. Ses bras remuent en premier, tel un manchot empereur qui bat des ailes avant de se lancer dans une glissade sur la glace. C'est de cette façon aussi qu'il commence chaque matin sa cérémonie des couleurs : ses bras s'agitent le long de son corps qui, lui, reste planté dans le sol comme un pieu, ses grosses mains s'avancent vers le mât, puis ses doigts déploient le drapeau norvégien comme s'il s'agissait d'un fragile morceau de soie ou de dentelle et le hissent le long de sa corde. Un truc de grand malade. Chouchen nous a expliqué que de nombreux habitants de ce pays signalaient ainsi leur présence chez eux. Olrik, lui, hisse son drapeau chaque matin et le descend tous les soirs, un vrai maniaque.

Dans un anglais presque parfait, il nous annonce que Chouchen a eu notre message et qu'elle l'a prévenu lui, Olrik, que notre père était vivant, qu'il avait lui-même laissé un message rassurant à notre mère : il n'était pas au Grand Hyatt Dubaï au moment de l'attentat. Et Chouchen a pensé qu'avec un peu de bol Olrik ne serait pas sur sa ferme aquacole et pourrait nous prévenir. Bingo. Pourtant cette bonne nouvelle sonne faux. Quand il nous l'annonce avec sa face d'élan, Olive et moi, on met du temps à piger. Dad est vivant et nous devrions sauter en l'air, enfin... de joie. Ces terribles images à la télé n'étaient pas pour nous, ces morts et ces blessés ne sont pas les nôtres, l'horreur s'est éloignée comme un orage menaçant éclate plus loin : nous n'avons eu que le tonnerre.

On se regarde, on regarde Olrik. Je vois bien qu'Olivia a besoin que je la relaie, que je fasse confirmer L'Élan-parleur. Je lui répète ce qu'on a cru comprendre. Oui, c'est bien ça. Notre père a laissé un message sur la boîte vocale de Chouchen. Oui, c'est bien sa voix qu'elle a entendue, elle a insisté auprès de notre voisin : Dad est vivant et indemne, il l'a dit lui-même... au téléphone portable de Chouchen. C'est mieux que rien, la bonne nouvelle devient enfin réelle. Je saute dans les bras d'Olive.

Alors qu'Olrik, ayant terminé sa mission, s'apprête à partir, son téléphone sonne. Cette fois, c'est lui qui nous regarde, l'un après l'autre, moi d'abord puis Olivia, à qui il décoche un regard furtif de ruminant fautif avant de fixer son portable avec un air de reproche.

Olrik vient de recevoir un SMS, et comme tous les vieux de quarante ans il a besoin d'une paire de forty *pour y voir de près. Il a sorti un portable pour nain, a cherché en vain ses lunettes dans les poches de sa veste en Goretex et a tendu son bras avec son téléphone au bout. Je me suis approché, croyant bêtement que ça venait de Chouchen.*

La lecture du SMS lui a fait perdre d'un coup ses couleurs. Faut dire qu'il y avait de quoi. Et moi j'ai eu une sacrée trouille. D'abord à cause de ce que j'ai lu, et dans la seconde qui a suivi en pensant qu'il m'avait peut-être vu lire par-dessus son épaule. Mais non, il est parti en courant, sa veste noire brillant dans les rayons du soleil rasant, sans un mot, sans nous regarder. Il a foncé vers sa maison.

J'ai vu qu'Olivia paniquait à la façon dont elle me dévisageait. Un peu comme si Olrik avait perdu ses couleurs et aspiré les miennes.

– Jon, ça va ?

J'ai tenté de lui sourire. J'ai songé que notre séjour en Norvège commençait vraiment mal et qu'il y avait de grandes chances qu'il se termine sur la même pente, celle qui vous verse dans l'envers du monde…

5

Olrik avait à peine tourné les talons que Jonathan s'était précipité vers la fenêtre du coin salon, était reparti ventre à terre en direction de la bibliothèque pour y attraper la paire de jumelles, et avait couru de nouveau se poster derrière les carreaux.

– Jon, ça va ? répéta Olivia.

– Attends, Olive, j'ai un truc à voir… *It's terrific*, je te dirai après !

Elle alla se coller contre lui et passa un bras autour de ses épaules.

– De quoi tu parles ?

– Plus tard, je te dis. Attends deux secondes !

Qu'est-ce qu'il était encore en train d'inventer ? Une fois de plus, il perdait les pédales. Olivia s'efforça de le rassurer :

– Je savais bien que Dad était vivant ! Il ne peut

rien arriver à quelqu'un comme lui. Fuseau-horaire, c'est un roc écossais !

Jonathan n'avait pas besoin de ce genre de discussion maintenant.

– Lâche-moi, à la fin !

Il échappa d'une habile torsion à l'étreinte de sa sœur.

Olivia regarda son frère. Elle savait reconnaître les moments où il ne jouait plus à s'inventer des histoires. L'émotion qui donnait maintenant à ses yeux gris la dureté du métal et qui lui faisait serrer les lèvres et avancer le menton dans une mimique si semblable à celle de son père, cette émotion-là, c'était la peur.

– Qu'est-ce qui t'arrive, Jon ? Olrik a *vraiment* eu un coup de fil de Chouchen, et elle a *vraiment* eu un message de Dad. Dad est sain et sauf et on n'a plus *aucune* raison de s'inquiéter !

– J'ai compris, Olive, j'ai compris ! Tu me prends pour un débile ou quoi ?

Ce qu'elle était pénible, avec ses airs de grande sœur ! Il n'oublierait jamais les moments qu'ils venaient de vivre. Cette sensation d'être parcouru par un feu glacé, le corps pétrifié dans une gangue de métal et les pensées englouties par le Salstaumen. Mais maintenant, il y avait plus urgent : neutraliser L'Élan.

Les yeux fixés sur la route, il se tenait prêt à dégainer les jumelles dès qu'Olrik… Dès qu'Olrik ferait quoi ? Qu'est-ce qu'on pouvait faire après avoir reçu un SMS pareil ? Jonathan voulait au moins s'assurer que L'Élan au regard torve s'éloigne, rentre chez lui sans se retourner, sans revenir sur ses pas.

Tant pis pour Olivia. Les explications, elle les aurait plus tard.

Mais Olivia détestait attendre.

– Jon, qu'est-ce qui t'arrive ? C'est quand même pas Olrik…

Elle voulait bien admettre que leur voisin était un drôle de type. Lorsqu'il avait délivré son message, il avait presque paru regretter d'avoir à annoncer une bonne nouvelle. Il était aussi aimable qu'un bloc de granit et sauvage comme un ours. Avec son visage massif et son drôle de regard de biais, ce n'était pas le genre d'individu qu'on a envie de rencontrer dans un endroit désert. Mais cela ne justifiait pas l'affolement de Jonathan.

Olivia tenta de lui arracher les jumelles. Il résista, la repoussa avec agacement.

– Tu commences vraiment à m'énerver avec tes mystères, bougonna-t-elle en s'éloignant. Quand tu seras décidé à m'expliquer…

– Attends, Olive, te fâche pas…

Olrik n'était plus très loin de chez lui maintenant. Il marchait toujours d'un pas rapide et un peu mécanique, penché en avant comme s'il avait froid, balançant ses grands bras et agitant parfois la tête comme une bête sauvage sur le point de charger. Jonathan aurait juré qu'il parlait tout seul.

– Il arrive chez lui, dit-il à haute voix pour montrer à sa sœur qu'il ne cherchait pas à la tenir à l'écart.

– Tu parles d'un scoop !

Elle avait du mal à ne pas se laisser gagner par l'angoisse communicative de son frère. Les instants horribles qu'ils venaient de vivre l'avaient sonnée. Il n'y avait qu'un remède : se lancer dans la préparation de *la* pizza au saumon du siècle.

– Voilà, il est rentré, annonça Jonathan.

– À cette heure, ça me semble assez logique. Maintenant il va se faire des tartines avec un morceau de leur immonde fromage de chèvre qui sent le caramel, boire une bière et regarder du foot à la télé. Et moi, si ça ne t'embête pas, je m'occupe du dîner, parce que si on attend le retour de Chouchen…

– Espèce de panse de brebis farcie !

C'était une des injures favorites de Jonathan, mais cette fois le cœur n'y était pas. Rien n'était comme les autres jours. Olivia s'activait en silence, sans même songer à allumer le téléviseur. Absorbé par sa surveillance, Jonathan entendait à peine les claquements de portes de placards et les cliquetis de couverts qui brisaient le silence.

Olivia coupa en morceaux les tomates anémiques et inodores. Des oignons hachés menus et des câpres viendraient leur donner un peu de saveur. En principe.

Jonathan tourna brusquement la tête en l'entendant renifler.

– T'es pas fâchée, hein ?

Pourquoi les filles avaient-elles toujours un sale caractère ? Dans des moments comme celui-là, il regrettait de ne pas avoir de frère.

– Dis, Olive ?

– Les oignons, répondit-elle laconiquement.

Elle le regarda, il avait l'air mi-figue mi-raisin.

– Puisque tu ne veux rien me dire, ajouta-t-elle, je m'occupe de mes oignons...

Les oignons, bien sûr... il aurait dû y penser !

La maison d'Olrik Helgelund ressemblait comme une sœur à celle que louaient les Cavendish. Le pignon orienté au sud-est surplombait une terrasse abritée des vents glacés et chargés de neige qui, l'hiver, descendaient du Grand Nord. C'était de ce côté-là que se trouvait la porte d'entrée.

Celle-ci se rouvrit, livrant passage à un Olrik lourdement chargé.

– Il ressort ! s'exclama Jonathan en collant les jumelles contre ses yeux. Et cette fois il a un grand sac ! Un sac vert foncé… comme un saucisson ! Il a l'air de peser un max. Qu'est-ce que ça peut bien être ?

– Un traversin, banane !

Jonathan haussa les épaules.

– Avec des pierres à la place des plumes, alors… Réfléchis un peu, Olive. Qu'est-ce qui est grand, mou, et qu'on peut glisser dans un sac de la taille d'un homme ?

– Un saumon de cinquante kilos.

– T'es vraiment pas drôle !

L'huile grésilla.

– Il va jusqu'au ponton !

Olivia jeta les tomates dans la poêle et fit un bond en arrière pour éviter les projections de graisse.

– Il hisse le paquet dans sa barque. Ça y est, le voilà dedans ! Moteur… Il est pressé comme un citron !

Olrik mit le cap sur les piquets et les flotteurs qui délimitaient les immenses filets de sa ferme aquacole.

Quatre grands cercles au centre desquels un ponton carré supportait une cabane de bois. Chacun d'entre eux formait une poche où s'ébattaient en toute sécurité les saumons destinés à terminer leur existence coupés en tranches.

Les grands cercles noirs semblaient tout à coup posséder un sens magique. Et la barque blanche au liseré pourpre avait l'air d'être conduite par un troll malveillant.

– À sept heures et demie, c'est pas normal, dit Jonathan en frissonnant. D'habitude il y va le matin.

– Il y a peut-être une urgence. Une bagarre d'araignées de mer ? Un saumon qui a attrapé les oreillons ? C'est dingue, ton histoire ! Un éleveur qui monte dans sa barque avec un sac marin, ça fout carrément la trouille !

Olrik contourna les filets, et Jonathan se demanda s'il n'allait pas s'éloigner vers le large. Mais bientôt il vit le bonnet moutarde apparaître un court instant derrière la minuscule fenêtre de la cabane. L'homme avait donc accosté du côté invisible depuis la côte. Il devait être en train de décharger le sinistre sac vert.

– Aïe ! C'est pas vrai !

Grimaçant de douleur, Olivia se mordait la main jusqu'au sang.

– Je me suis brûlée ! L'alcool à 90°, Jon, vite ! Dépêche-toi… Dans la salle de bains ! Ça fait mal, aïe !

Il fila à l'étage, renversa trois flacons avant de trouver le bon, s'aperçut une fois redescendu qu'il fallait aussi du coton, regrimpa l'escalier quatre à quatre et, enfin, rejoignit sa sœur.

– Ça va mieux ? dit-il en louchant vers la fenêtre.

Olivia soupira.

– Ça ne va pas être terrible pour étaler la pizza, mais bon…

Jonathan se dépêcha de retourner à son poste d'observation. Il ne se passa rien pendant un long moment, puis la barque d'Olrik pointa son nez bordé de rouge derrière la cabane. L'éleveur allait regagner la côte, se rappeler que Jon avait vu le SMS… Alors il reviendrait à la maison rouge et ce serait terrible.

Mais non, il s'éloignait vers le large en obliquant en direction de Bodø, au nord. Il avançait très vite maintenant, il devait faire tourner son moteur à plein régime. La tache jaunâtre du bonnet flottait au-dessus de la barque comme un oiseau. Il y eut un dernier éclat blanc, puis l'embarcation disparut derrière le promontoire qui formait comme une parenthèse, à cinq cents mètres de la maison rouge.

Comme un pneu qui se dégonfle d'un coup, il lâcha un énorme soupir de soulagement.

– Génial, il s'en va ! Bon vent, Mister Helgelund !

Dans la poêle, les tomates clapotaient doucement. Olivia regarda son frère.

– Tu vas enfin t'expliquer, ou bien tu préfères qu'on ne se parle plus de la soirée ?

Jonathan ne savait pas par quoi commencer. Est-ce qu'elle n'allait pas lui rire au nez ? Mais il repensa au tremblement qui l'avait secoué lorsque Olrik, soudain blême, avait refermé d'un coup sec le clapet de son portable. Ce frisson-là, il ne l'avait pas inventé. Et ce genre d'émotion ne le trompait jamais. Jamais.

– Allez, Jon. Jette-toi à l'eau !

Il grimaça un sourire. Elle ne croyait pas si bien dire.

– Je te donne trente secondes, l'avertit Olivia en regardant sa montre chronomètre. Pas une de plus !

Il prit une grande inspiration et plongea :

– C'est un assassin.

Elle écarquilla les yeux, ouvrit la bouche, tira sur ses cheveux.

– Quoi ? Qui ? Qu'est-ce que tu racontes ?

– Olrik Helgelund est un assassin.

6

19 juin toujours, 19:53:35,
pizza à mi-cuisson.

Il se passe des choses incroyables dans ce pays perdu…

Je regrette presque d'avoir tellement vanné Jonathan quand il observait Olrik aux jumelles. Il est complètement exaspérant quand il fait son cinéma, mais cette fois il avait des excuses. Avec ce qui nous était arrivé, il avait de quoi être secoué.

Après l'annonce de l'attentat, j'ai réalisé en un quart de seconde à quoi ressemblerait notre vie si Dad était sur la liste des morts. Comment décrire ça ? Jon trouverait sans doute une de ses expressions percutantes, mais il n'y a pas besoin de mots, il suffit de se représenter une photo en noir et blanc d'un cratère de la Lune : sinistre, désolée, grumeleuse, à vous faire froid dans le dos. On ne voit pas souvent notre Étoile-filante de père, mais c'est une Étoile-filante super puissante qui éclaire et réchauffe à des milliers de kilomètres. À Dubaï ou au fin fond de l'Amérique du Sud, il n'est jamais très loin de nos pensées.

Heureusement, il n'était pas à l'hôtel, Chouchen va bientôt rentrer, ma création du jour (pizza norvégienne façon Olivia) cuit tranquillement, et donc tout va bien. Enfin, tout irait bien si Chouchen n'avait pas eu la bonne idée de nous envoyer Helgelund pour nous rassurer. Olrik, l'éleveur de saumons. L'Élan, selon Jonathan. Un assassin, toujours selon Jonathan...

Ce qui a tout déclenché, c'est le SMS qu'il a reçu au moment où il était sur le point de partir. Déjà qu'il avait l'air aussi aimable qu'un crabe en train de cuire, le SMS l'a achevé. Les sourcils en accents circonflexes et les lèvres vidées de leur sang, il a jailli hors de la maison comme un pop-corn, est passé chez lui prendre un gros sac qu'il a emporté sur sa ferme aquacole, puis il a filé vers le nord. C'est du moins ce que Jonathan affirme, et il a sûrement raison. Avec les jumelles 10 × 30 ultra zoom vissées à ses yeux de lynx, ça m'étonnerait qu'il ait confondu la barque d'Olrik avec une planche à voile, ou Olrik avec un manchot.

Jusque-là, rien d'extraordinaire. Sauf que, toujours d'après Jon, le SMS qui a traumatisé Olrik se terminait par le mot KILLER.

– Même toi, tu sais traduire ça, même toi ! a hurlé mon frère après m'avoir balancé son KILLER *à la figure.*

Trop sympa ! Mais passons. Un killer*, c'est un tueur, un assassin, bien sûr que je le sais !*

Ensuite, Jonathan m'a rappelé ce que Chouchen nous a raconté, le jour où elle est allée interviewer Olrik. Elle n'était pas trop dans son assiette en rentrant de chez lui. Pas vraiment étonnant, quand on voit la tronche d'Olrik... Mais, surtout, il s'était passé un drôle de truc.

Deux minutes après avoir quitté la maison de l'éleveur, elle s'est aperçue qu'elle avait oublié ses lunettes de soleil chez lui. Elle est retournée frapper à la porte. Pas de réponse. Pensant qu'Olrik était sorti un moment, elle s'est glissée à l'intérieur (ici, personne ne ferme les portes à clé). Elle a entendu des voix qui criaient : celle d'Olrik et une voix de femme. Chouchen n'a compris que deux ou trois mots : entre autres politi *(police) et* løgner *(menteur)... Elle a pris ses lunettes et a filé avant qu'Olrik ne revienne dans la pièce. Elle a dû faire du bruit : tout à coup une femme est apparue sur le pas de la porte, l'air terrifié. La femme d'Olrik, sûrement. Chouchen est partie sans demander son reste. Elle avait eu le temps de remarquer que Mme Helgelund avait un œil au beurre noir. Et qui d'autre que son mari pouvait le lui avoir fait, ce cocard ?*

Conclusion de Jonathan (à mon avis insuffisamment démontrée, comme dit le prof qui corrige mes devoirs de maths) : Olrik bat sa femme et a fini par l'assassiner. Puis il a mis le corps dans un sac, le sac dans la cabane et la clé sous le paillasson (façon de parler) avant de prendre la fuite, pour échapper à la police ou à la personne qui lui a envoyé un SMS l'avertissant qu'elle savait tout.

Heureusement, je suis là pour calmer le jeu et essayer d'y voir clair dans les délires de mon frère (ouais, Jon, t'as bien lu : les délires *!).*

Dad dit toujours que, pour trouver la réponse à un problème, il faut le décomposer en plusieurs questions. Dans cette affaire, deux devraient suffire.

Question n° 1, l'œil au beurre noir : Est-ce qu'il est nécessaire d'avoir reçu des coups pour avoir un œil au beurre noir ? Réponse : non ! ça arrive à tout le monde de se ramasser dans un escalier ou de prendre une porte battante dans la figure. Donc Olrik ne frappe peut-être pas sa femme, donc il n'avait sûrement aucune raison de l'assassiner.

Question n° 2, l'œil de lynx : Jonathan est réputé pour son œil de lynx (contrairement à moi, avec mes lunettes – 4,25 et – 5,50), mais est-ce qu'il peut être sûr à 100 % d'avoir lu correctement un mot écrit tout petit sur un écran minuscule ? Peut-être que ce n'était pas killer *mais* kipper*, c'est-à-dire le mot anglais pour* hareng *(un sujet dans les cordes d'un éleveur, non ?). Donc rien ne prouve qu'Olrik soit un assassin.*

Ces deux questions, je viens de les poser en douce à Jon pendant que Chouchen passait des coups de téléphone pour organiser sa journée de demain. Ce bouffon a répondu oui aux deux. Ça l'arrange, bien sûr, il trouve tellement excitant d'imaginer qu'Olrik est un tueur en série menacé par un type qui le harcèle de SMS !

D'un autre côté, ce ne serait pas la première fois que ses idées farfelues permettraient à Jonathan de déterrer une vérité enfouie.

De toute façon, en dehors de mes devoirs d'allemand et des balades à Mørden-Plage, je n'ai pas grand-chose à faire pour le moment. Conclusion : on a réussi à se mettre d'accord sur deux choses.

Décision n° 1 : On continue à avoir Olrik à l'œil. À condition qu'il revienne, bien sûr. Si c'est vraiment un assassin, il a peut-être l'intention de passer un moment sur une île déserte, le temps de se faire oublier.

Décision n° 2 : Pas question de raconter tout ça à Chouchen. Elle serait capable d'annuler ses rendez-vous et de ne plus nous lâcher. Et ça lui laisserait le temps, en prime, de s'intéresser de très près à mes devoirs d'allemand.

Donc, surveiller et se taire.

Il y a des moments où Jon est vraiment fatigant.

7

– Si on met plus de cinq minutes trente pour avaler les crevettes, la pizza va se transformer en tarte au caramel !

Tiphaine regarda Olivia sans paraître comprendre de quelle tarte il pouvait bien s'agir.

À son retour à la maison rouge, elle avait été soulagée – et à vrai dire étonnée – de trouver sa fille occupée à écrire et Jonathan plongé dans un manuel d'ornithologie. Comme toujours pleine de bon sens, Olivia avait insisté pour qu'on ne parle pas trop de l'attentat. Le calme apparent de Jonathan avait semblé moins naturel à Tiphaine, qui savait à quel point la présence de son père manquait au garçon. Elle, en tout cas, était encore bouleversée. Tout au long du trajet du retour, elle s'était sentie coupable de ne pas s'être trouvée avec eux dans un moment aussi difficile. Elle rêvait de temps à autre d'une existence dans laquelle le travail de son mari ne le retiendrait plus aux quatre coins du monde, et où elle pourrait sillonner la planète à la vitesse de la lumière, menant ses recherches sans jamais avoir à s'éloigner de chez elle plus de quelques heures. Mais l'avion la terrifiait et elle se refusait à imaginer un Christopher en pantoufles tournant comme un lion en cage dans leur appartement parisien de la rue de Paradis.

– De toute façon il va bientôt arriver, répondit-elle à Olivia en considérant le four d'un air songeur.

– Qui ça ? demanda Olivia.

Pour vagabonder derrière les pensées de Chouchen il fallait avoir la cervelle montée sur rollers.

– Christopher, voyons. Papa. De qui veux-tu que je parle ? En fait, il a quitté Dubaï hier, mais il doit encore passer quelques jours à Paris au siège de sa société.

– Vivement qu'il soit là ! s'exclama pour la forme Olivia.

Un œil sur le four et l'autre sur Jonathan, elle était sur des charbons ardents. Elle n'avait qu'une confiance limitée dans la capacité de son frère à garder les secrets. Qu'il s'avise seulement d'évoquer l'étrange comportement d'Olrik Helgelund, et elle le taclerait d'un coup de pied dans les tibias. Mais tout danger semblait momentanément écarté car il était suspendu aux lèvres de leur mère. Celle-ci venait de se lancer dans le récit de son après-midi.

– Deux cent quarante espèces d'oiseaux dans un pays à peine plus grand que la moitié de la France, je n'en reviens pas !... Il paraît que les femelles eiders ne mangent rien tant qu'elles couvent leurs œufs, c'est-à-dire pendant trois semaines... Les plumes des eiders sont munies de tout petits crochets qui leur permettent de rester attachées les unes aux autres comme la bande Velcro de vos baskets. Pas étonnant qu'elles isolent aussi bien du froid... C'est pour cela que les édredons... à propos de crochet... En fait il n'y a pas vraiment de rapport, mais je suis tombée par hasard sur une histoire étonnante. À Kragerø, on a baptisé une ruelle « la rue du Surineur » parce qu'un fonctionnaire d'origine africaine surnommé Henri le Noir y a été assassiné. Le plus étrange, c'est que tout le monde sait qui est le coupable et qu'on l'a laissé partir à l'étranger sans le juger.

– Qu'est-ce que c'est, un surineur ?

Jonathan était toujours très bon public.

– En argot, un surin est un couteau, un poignard. Un argot un peu daté. Ce que je trouve bizarre...

– J'espère que l'assassin ne va pas décider subitement de rentrer au pays, remarqua Jonathan en roulant des yeux effrayés. C'est peut-être un tueur en série qui s'attaque à tous les étrangers. C'est loin d'ici, Kragerø ?

– Assez, répondit évasivement Tiphaine. Enfin, je crois. De toute façon, le meurtre dont je parle a eu lieu en 1681. Ce qui est étonnant, c'est que quand on a retrouvé le corps…

Elle s'interrompit net, les yeux exorbités, son visage parsemé de taches de rousseur prenant rapidement la couleur d'une prune très mûre.

– Pas la tête, maman ! protesta Olivia.

Jonathan jeta un regard exaspéré à sa sœur.

– Elle n'a jamais dit qu'on l'avait décapité ! Un surin, c'est pas une hache ! Au fait, à propos d'assassin…

– Je parlais de la tête des crevettes, s'empressa de préciser Olivia. À chaque fois, maman s'étouffe avec les antennes.

Tiphaine avala un demi-verre d'eau et hoqueta encore un long moment avant de parvenir à reprendre son souffle.

– Qu'est-ce que tu voulais dire à propos d'assassin ? reprit-elle en se tournant vers son fils.

– Quand le voisin est venu nous dire que tu lui avais téléphoné, il y a eu un truc bizarre…

Une douleur aiguë dans les jambes coupa l'élan de Jonathan qui reprit, avec un regard goguenard en direction de sa sœur :

– Un *puffin* a traversé le ciel en volant très haut au-dessus de la mer.

Olivia le regarda d'un air interloqué.

– Un *puffin*, c'est le mot anglais pour macareux, non ? demanda Tiphaine.

– Bravo maman ! approuva Jonathan. Les macareux volent au ras de l'eau, toujours. Un macareux en plein ciel, c'est pas normal.

– C'était peut-être une vulgaire mouette, suggéra Olivia.

– Ben voyons. Et toi, tu es un pipit farlouse, peut-être ?

– Oh, ça va… rétorqua Olivia qui se demanda si, avec un nom pareil, un volatile pouvait voler.

– Je ne vois pas le rapport entre ton macareux et mon histoire d'assassin, enchaîna Tiphaine avec une logique étonnante.

– Il n'y en a aucun, gloussa Jonathan, ravi d'avoir donné des sueurs froides à sa sœur.

– J'aimerais bien savoir comment on dit macareux en norvégien, murmura leur mère en quittant la table.

Elle fourragea longuement dans son sac, une sorte d'informe cabas en tapisserie tendance bobo qu'Olivia et Jonathan avaient baptisé Double-Fond. Il présentait en effet la particularité d'engloutir une grande partie de ce que leur mère y rangeait, sans jamais le restituer.

– Qu'est-ce que j'ai encore fait de mon dictionnaire de poche ? Je parie que je l'ai oublié au café… euh, je veux dire à la fabrique d'édredons.

– C'est pas le moment de chercher un dictionnaire, maman ! protesta Olivia. Ma pizza est en train de se dessécher !

Tiphaine examina un à un les rayons de la bibliothèque et se livra à une nouvelle fouille désordonnée de son sac avant de se résoudre enfin à retourner à table.

– Elle a l'air parfaite, cette pizza, dit-elle en jetant un regard distrait vers le four dont la vitre opaque ne laissait rien deviner de son contenu. Il restait assez de crème fraîche ?

Jonathan lança un clin d'œil à Olivia et piqua du nez dans son assiette en réprimant un fou rire. Même lui savait qu'on n'avait pas besoin de crème fraîche pour préparer une pizza. Leur mère confondait sans doute pizza et quiche… Ce soir, sa distraction atteignait des sommets. Qu'y avait-il donc dans le ciel de Norvège pour perturber ainsi les humains ? L'inattention de Chouchen avait au moins un avantage : depuis les sphères lointaines où elle semblait flotter, elle ne risquait pas de se rendre compte qu'ils s'intéressaient à un assassin.

En revanche, lorsque leur père serait là, ils n'auraient plus une minute à eux. Ils avaient intérêt à mettre les bouchées doubles avant son arrivée s'ils voulaient éclaircir le mystère Olrik… Mais par quoi attaquer ? Par une fouille de la maison d'Olrik ? Et s'il revenait et les surprenait chez lui ? Jonathan imagina la scène, se représenta L'Élan surgissant derrière lui, agitant ses grands bras et le dévisageant méchamment… Un haut-le-cœur lui retourna l'estomac. Non, ils n'iraient pas.

C'était pourtant le seul moyen de découvrir la vérité.

log book

8

20 juin, 5:12:34, tout le monde dort sauf mon estomac qui gargouille déjà.

Quand on s'est mis d'accord pour le log book *(50 % lui – 50 % moi), Jonathan a oublié un détail : c'est une vraie marmotte ! Chouchen et moi, ça nous énerve. Dad, lui, le laisse dormir jusqu'à pas d'heure. Un père toujours absent, ça n'a pas que des inconvénients : lorsqu'il est là, il a tellement peur qu'on ait hâte de le voir repartir qu'il n'ose pas se fâcher.*

Pour le log book*, ça m'arrange bien d'avoir un frère-marmotte : je vais pouvoir raconter tout ce que je voudrai pendant que Monsieur dort. Par contre, pour le « tueur en série », ça me plairait assez de ne pas être la seule à travailler (d'accord, Jonathan ?)... Cette nuit, c'est moi qui ai été chargée de faire le guet. Un comble :*

la Taupe à lunettes qui joue les sentinelles pendant qu'Œil-de-Lynx roupille !

Coup de chance, nos deux chambres donnent du côté de la maison d'Olrik, alors que celle de Chouchen est orientée au nord-ouest, sur le petit pignon qui regarde vers Bodø. Autre morceau de chance[1], *comme disent les Anglais, en ce moment il fait jour en permanence puisque le soleil ne se couche jamais (c'est le « soleil de minuit », et ce sera terminé dans deux semaines et demie). La première nuit qu'on a passée ici, je n'ai presque pas dormi. Je me levais tous les quarts d'heure pour aller entrouvrir les rideaux (double épaisseur, évidemment !) et vérifier qu'il faisait toujours clair. En fait, le ciel ne reste pas bleu comme en plein jour, c'est plutôt une espèce de coucher de soleil qui dure pendant des heures, avec des couleurs magnifiques se reflétant sur la mer violette. Puis tout à coup, comme dit Jon, le soleil se rappelle qu'une nouvelle journée va commencer, et il remonte dans le ciel en se demandant quand il pourra de nouveau faire la grasse matinée. Réponse : l'hiver, quand il fait noir presque tout le temps. Ça doit être l'horreur !*

---

1. En anglais : *a bit of luck.*

Cette nuit, ce n'était pas le soleil qui m'intéressait, c'était la maison de L'Élan. Est-ce que le killer *allait rentrer ? Avec ou sans son sac vert ? Seul ou avec un complice ?*

J'ai eu beau me lever toutes les cinq minutes, pas de barque à liseré rouge à l'horizon ni de bonnet moutarde sur le chemin. J'ai fini par tomber de sommeil. J'ai abandonné ma surveillance en pensant que j'avais peut-être raté le retour de notre voisin. Et s'il était en train de dormir à poings fermés dans sa chambre, après avoir nourri ses saumons avec le contenu du sac vert et s'être réconcilié avec sa femme ?

En me réveillant, tout à l'heure, j'ai de nouveau couru à la fenêtre, et là, j'ai eu une illumination. Il y avait quelque chose d'anormal... Le drapeau ! Il flotte en haut du mât, et je suis certaine qu'il y est resté jusqu'à ce que je m'endorme. Si ce maniaque d'Olrik était rentré chez lui, il l'aurait descendu.

Bon, d'accord, ça ne veut pas dire qu'il est en fuite. Il est peut-être simplement parti pour un jour ou deux. Mais il était seul dans sa barque quand Jonathan l'a vu s'éloigner vers le nord... Donc sa femme est restée chez eux, et elle non plus n'a pas descendu le drapeau. Et ça, c'est 100 % anormal.

Est-ce qu'on peut en conclure qu'il l'a assassinée ? Pas forcément. Il y a des tas d'autres possibilités :

1) Elle ne peut pas sortir parce qu'elle est malade ou qu'elle s'est foulé la cheville dans l'escalier ou qu'elle a un pied dans le plâtre.

2) Elle était déjà partie quand L'Élan est passé chez nous, et c'est même peut-être elle qui lui a envoyé le SMS. Mais alors, si Olrik est bien un killer, *qui est la victime ?*

3) La corde qui permet de hisser le drapeau est coincée.

4) Aujourd'hui est une date spéciale, par exemple un anniversaire, et L'Élan ne descend jamais son drapeau à cette occasion.

5) Olrik a attrapé une pneumonie pendant sa sortie en barque (et en plus voir le 1).

6) Il a laissé le drapeau hissé pour qu'on croie qu'il lui est arrivé quelque chose. Mais dans quel but ?

7)…

Je suis sûre qu'en réfléchissant bien on pourrait aller au moins jusqu'à 10.

Je commence à croire que Jonathan ne s'est pas excité pour rien.

Mais je pense à une chose…

Ouah ! C'est bien ce que je pensais… JE SUIS GÉNIALE !

Au premier étage de la maison de L'Élan, il y a une seule fenêtre. C'est sûrement celle de la chambre. Si

Olrik et sa femme étaient là, ils auraient tiré les rideaux pour dormir... Je viens de vérifier avec les jumelles : ils sont grands ouverts !

Maintenant, je suis sûre à 99 % que la maison est vide. Mon idée d'aller fouiller chez notre voisin n'était donc pas si nulle que ça.

Quand j'en ai parlé à Jonathan, hier soir, il m'a dit qu'il y avait déjà pensé (mon œil !) mais que c'était beaucoup trop dangereux. Les garçons sont tous les mêmes... Dès qu'il s'agit de passer à l'action il n'y a plus personne.

D'un autre côté, Jon n'a pas tort. Si quelqu'un nous voit entrer dans la maison d'Olrik...

J'ai une bien meilleure idée. Une idée beaucoup moins risquée (enfin, un peu moins) et beaucoup plus amusante. Ce n'est pas chez L'Élan qu'il faut aller... On a juste besoin d'avoir deux heures devant nous. Il n'y a plus qu'à espérer que Chouchen ait prévu un programme d'enfer pour la journée !

Tiens, il n'est pas six heures du matin et je viens d'entendre éternuer ! C'est bien la première fois de sa vie que Jonathan se réveille si tôt !

Profitons-en...

9

Quand Tiphaine atterrit dans la cuisine, elle avait encore plus que de coutume le visage chiffonné par les rêves nocturnes et les plis des draps. Jonathan disait d'elle qu'elle avait ces matins-là toutes ses taches de rousseur d'un seul côté. Olivia jugea qu'à ce point c'en était même étonnant. Vêtue d'un jean de velours mauve, leur mère avait réussi à enfiler à l'envers le seul pull qui n'allait pas avec ce pantalon : un jacquard orange et rose en provenance d'une boutique ethnique.

Tiphaine considéra l'imposant petit déjeuner norvégien d'un œil de batracien adopté par un club du troisième âge. C'est ce que pensa son fils, déjà attablé devant un bol de café au lait fumant.

– Salut maman, bien dormi ? la testa-t-il.

– Mffff… Bonjour. Et vous ?

Olivia et Jonathan se regardèrent sans répondre. Tiphaine ne leur prêta pas plus attention, renonçant à s'asseoir pour aller fouiller dans Double-Fond, au cas où le troll qui lui avait emprunté son dictionnaire l'aurait remis au fond du sac pendant la nuit.

Elle alla ensuite se planter devant Punaise.

Punaise jouait dans sa vie le même rôle que Germaine dans celle de Jonathan ou la montre chronomètre dans celle d'Olivia : phare dans la tempête, roc au milieu des sables mouvants, elle lui permettait de ne pas perdre pied dans les méandres capricieux de l'existence. Elle consistait en une plaque de liège sur laquelle on pouvait piquer, à l'aide d'épingles à tête colorée, des bouts de papier multicolores portant des noms, des numéros de téléphone, des dates, un mot à rechercher dans le dictionnaire ou une idée pour le guide en cours d'écriture. Parfois même, des listes de courses. Olivia et Jonathan l'avaient baptisée Punaise parce que les monologues de Chouchen face à ses petits papiers commençaient généralement par :

– Punaise, je croyais pourtant avoir noté…

– Hareng, saucisse, pommes de terre, œufs ? lui proposa Olivia avec un enthousiasme exagéré.

– Tu l'as vraiment oublié à l'usine d'édredons, ton dictionnaire ? demanda Jonathan.

Cette double salve fit sursauter Tiphaine. Elle prit place à la grande table et sourit en fixant Germaine.

– Ta tillandsia s'adapte parfaitement au climat, on dirait, remarqua-t-elle sans quitter la plante des yeux. Juste de la confiture, je n'ai pas très faim ce matin, ajouta-t-elle à l'adresse d'Olivia.

Il y eut un moment de flottement. Un détail chatouillait la mémoire de Jonathan : la veille, Chouchen avait raconté en long et en large sa visite de la fabrique d'édredons, avant de déclarer avoir oublié son dictionnaire dans un café… pour se reprendre aussitôt, l'air mal à l'aise… Olivia, quant à elle, percevait chez leur mère une agitation inhabituelle : ce matin, elle était montée sur ressort et rebondissait au hasard…

Tiphaine, de son côté, sentait ses enfants sur la défensive : auraient-ils deviné ? Elle résolut d'attaquer la première :

– Et ton allemand ?

Olivia remplit l'assiette de sa mère d'une bonne dose de mauvaise humeur en forme de hareng mariné.

– Est-ce que c'est bon ? demanda-t-elle à La Sardine. Tu peux répondre dans la langue de ton choix. Tu peux aussi répéter que la confiture suffisait, chercher ton dictionnaire ou les clés de l'Espace, filer à ton rendez-vous numéro sept ou à ta vingt-troisième passionnante visite.

Jonathan se dit qu'Olive pétait un plomb au plus mauvais moment. Tiphaine estima qu'il était temps de dire la vérité à ses enfants. Il n'était pas nécessaire…

– … de continuer, pensa-t-elle à haute voix.

– Quoi ? crièrent-ils en chœur.

Elle leur décocha un sourire contraint.

– Dad ! hurla Jonathan. Tu nous as caché quelque chose ?

– Non, non, votre père va très bien. Croyez-moi… Je vous ai menti, mais maintenant c'est fini. Au moment de l'attentat du Grand Hyatt, Christopher était bien à Paris pour une réunion. Olrik Helgelund vous l'a dit, non ? En fait, ce que je vous ai caché, c'est qu'il devait nous rejoindre plus tôt que prévu. Nous voulions vous faire la surprise. Hier, je n'étais pas à la fabrique d'édredons mais à l'aéroport de Bodø. Seulement son vol a été annulé. Une grève à Roissy. J'aurais déjà dû…

– Oui, hier soir, en rentrant. Oui ! s'énerva Jonathan. Qu'est-ce qui t'a pris ?

– Maman, c'était horrible, dit calmement Olivia, tout en s'approchant du comptoir. Si tu avais vu les images…

– Je sais, ma grande, j'ai eu tort. Je ne me suis pas rendu compte. Mais quand j'ai eu le message de votre père, je n'avais pas encore vu la télévision. J'ai cru que le message apporté par Olrik suffirait à vous tranquilliser. Je suis vraiment désolée. Vous m'en voulez ?

Olivia se concentra sur le cadran de sa montre : ne pas parler d'Olrik, ne pas évoquer la sale tête de L'Élan, encore moins son comportement suspect, ne pas…

– Des fois, faudrait vraiment que t'atterrisses, maugréa Jonathan. Au bon moment. Au bon endroit. Ça aiderait tout le monde.

Bien envoyé, songea Olivia.

Tiphaine se leva et alla embrasser tendrement son fils. Puis elle reprit sa place en bout de table, le cœur plus léger.

– Il arrive quand ? fit Olivia en quittant le coin cuisine. La grève est finie ?

– J'espère ce soir, répondit sa mère. Si tout va bien. Quoique… Christopher m'a dit que si la grève s'éternisait il en profiterait pour faire… je ne sais quoi à son travail.

Du bout de sa fourchette, elle grappilla des miettes de poisson qu'elle avala comme une poule des grains de maïs. Consternée, Olivia la regardait manger : réussirait-elle un jour à intéresser sa mère au contenu de son assiette ?

Jonathan se dit, lui, qu'elle était aussi peu douée pour les surprises que pour les mensonges. Hier, elle s'était donc bien trahie, il n'était pas fou. N'empêche qu'elle l'avait scotché avec son exposé sur les eiders ; sur le coup, il aurait juré qu'elle sortait de deux heures de visite.

– Heureusement que tout va bien pour Dad ! s'exclama-t-il enfin. Vivement qu'il nous rejoigne !

Olivia estima qu'il en faisait un peu trop.

Mais lui n'avait pas le sentiment de mentir. Il était heureux de savoir Dad indemne, et bientôt là, auprès d'eux ; il lui manquait vraiment. Pourtant, comme Olivia, il savait que l'irruption de leur père à Mørden allait leur compliquer la tâche.

Il ne fit qu'une bouchée d'un petit pain aux raisins, avala son fond de café au lait et claironna :

– Je vais prendre ma douche.

Tiphaine et Olivia se regardèrent d'un air dubitatif et s'étranglèrent de rire.

Elles rirent un bon moment. D'autant plus que les « cataractes », comme le disait Olivia, s'étaient déclenchées dès l'arrivée de Jon dans la salle de bains, comme si le mitigeur, en le voyant, s'empressait de devancer les désirs de son maître.

Après avoir fait de réels efforts pour goûter aux différents plats, avoir mangé plus que de coutume, tenté de ne pas se laisser aller à une de ses rêveries sans fin, partagé ce fou rire avec sa fille, Tiphaine estimait qu'il était temps pour elle de courir à ses rendez-vous. Malgré tout, elle n'était pas tout à fait tranquille. Olivia était un peu fébrile, comme si elle était impatiente de voir sa mère partir. Cette dernière pensa un instant lui demander leur programme de la journée, mais se ravisa aussitôt. C'étaient des adolescents désormais, capables d'autonomie et d'initiative. Ils avaient depuis toujours l'habitude de cette vie décousue. Elle sourit pour elle-même, se remémorant soudain des épisodes de sa propre enfance à Issy-les-Moulineaux, quand…

– Ne rentre pas trop tôt, hein, maman ?… J'ai une recette de folie à essayer… Tu m'entends ?

– Oui, ma grande. Ne t'en fais pas, je m'en vais.

Le pull toujours à l'envers, elle était déjà partie, elle avait déjà franchi la porte, elle avait déjà lancé sans se retourner son sempiternel « Embrasse ton frère ! ». La portière de l'Espace claqua, le moteur tourna, Chouchen rejoignit la route.

– Ça y est ? s'exclama Jonathan. Elle a fini par partir ?

– Oui. Enfin. Et ta douche ? fit Olivia, soupçonneuse.

– Pas le moment. De toute façon, il va falloir se mouiller. On y va ?

– J'arrive, je vais mettre un gros pull.

Il s'approcha de sa tillandsia, sur le comptoir, lui remit les plumets en place.

– Tu vas bien, Germaine ? Parce que moi, là, crois-moi, j'ai les boules…

10

Moulé dans un épais plastique orange, le kayak de mer leur parut robuste dans le hangar à bateaux, un peu moins quand ils le mirent à l'eau. La toile bleue et ses petits nuages de coton avaient perdu du terrain. Le ciel se couvrait, et un coup de frais s'annonçait. La surface de l'eau tremblotait sous l'action d'une petite brise.

– On a le temps, dit Olivia, devinant les éventuelles objections de son frère.

– Avant quoi ?

– Que le temps change vraiment. Et puis, en dix minutes on y est.

– Ouais… Olive, rappelle-moi cette conversation quand on sera en train de sombrer, d'accord ?

– Grouille !

Elle embarqua à l'avant, sans être sûre d'avoir raison de faire confiance à son frère. Il avait beau être sportif et prétendre pagayer comme un dieu, elle commençait à regretter son idée géniale. Elle resserra les lanières de son gilet de sauvetage, roula ses cheveux frisés en boule et les enfouit sous son bonnet. C'était exactement comme cela qu'elle imaginait un départ pour les terres ingrates du Svalbard, là-haut, tout près du pôle Nord.

– Appuie, Olive ! Qu'est-ce que tu fous ? Appuie, je peux pas pagayer seul. Ça y est, là, on est partis, pagaye !

Olivia se concentra sur le rythme qu'elle devait imprimer à sa pagaie pour ne pas perdre le cap, l'enfonçant lourdement dans l'eau comme s'il s'agissait d'une énorme cuiller en bois dans un océan de chocolat liquide. Le kayak fut bientôt sur un rail, filant malgré le clapotis vers sa destination. Sur leur gauche, le soleil irradiait la masse nuageuse qui l'emprisonnait ; des doigts de feux striaient le gris du ciel. Jonathan évaluait la longueur du parcours à accomplir et se félicitait de voir leur but se rapprocher d'eux : comme entraînée par ses filets circulaires, la ferme aquacole lui donnait l'impression de se déplacer à la surface de l'océan, une gigantesque araignée d'eau qui lui rappelait l'Hydroptère[1].

1. Prototype de catamaran, imaginé par Éric Tabarly, pouvant atteindre la vitesse exceptionnelle de 33 nœuds (70 km/h) et volant littéralement au-dessus de l'eau.

Il avait hâte de débarquer sur le ponton. Il força un peu plus sur sa pagaie.

Ils mirent malgré tout près de vingt minutes pour atteindre leur destination. C'est ce qu'Olivia fit remarquer à son frère en lui montrant ostensiblement son poignet.

Ils jugèrent plus prudent d'attendre un peu à bord du kayak, à l'affût des bruits en provenance de la cabane de bois au centre des filets. Rien d'humain ne leur parvint aux oreilles : du bois grinçant, des cordages couinant, les sifflements d'un courant d'air entre deux planches, des craquements, des gargouillements, des chuintements, les échos liquides trahissant l'aspersion, la succion, l'aspiration ou l'éclatement et le déchirement réguliers des masses d'eau contre les pieux. Une petite bruine, plus fine qu'en Bretagne, les enveloppa en silence.

Sans échanger une parole, ils amarrèrent le kayak et prirent pied sur le ponton dansant. Celui-ci était relié à la terrasse de bois entourant la cabane d'Olrik. L'ensemble était stabilisé par des pieux lestés. À Jonathan qui s'étonnait de l'équilibre d'une telle construction, Olivia aurait pu répondre par une leçon de physique. Mais l'heure était à tout autre chose : il fallait ouvrir la porte et pénétrer à l'intérieur du domaine de

L'Élan. Et si, selon la coutume norvégienne, la porte avait toutes les chances de ne pas être fermée à clé, c'était à l'intérieur que le pire les attendait. Le cadavre était-il là, assis dans un fauteuil ? Contre toute vraisemblance, Olrik était-il revenu à la nage pour poursuivre son œuvre ? La ferme aquacole était-elle surveillée ? Piégée ? Une multitude de questions entraînaient Jonathan dans un délire paralysant. Olivia y coupa court :

– Le mieux, c'est d'entrer.

Elle poussa la porte, qui s'ouvrit aussi facilement qu'un rideau dévoile un décor de scène. Ils restèrent sur le seuil, le temps de s'habituer à une semi-obscurité. Le temps aussi de faire un rapide inventaire des lieux. Un bureau de bois, une grosse lampe montée sur batterie, un moteur de bateau détourné en générateur, deux jerrycans de gas-oil, un antique ordinateur, un second, plus récent, avec écran plat et souris sans fil, un baromètre, un hygromètre, des livres, un petit xumètre de laboratoire, d'autres objets ou machines qu'ils ne purent identifier. Des fils blindés couraient du bureau vers un angle de cloison, où ils disparaissaient, comme s'enfonçant sous la mer.

Ils avaient enjambé des livres épars, deux sièges qui avaient été renversés sur le sol, un petit réchaud de camping à alcool, et une lampe d'architecte montée sur pied flexible.

– Il s'est battu… fit Jonathan du bout des lèvres.

– Pas avec un mort, s'empressa de dire Olivia. Ni avec une morte…

– C'est vrai. Avec qui, alors ?

– Ce qui est bizarre…

– Quoi ? coupa Jonathan.

– Bah, je sais pas. C'était pas une grosse bagarre.

– À quoi tu vois ça ?

– Une impression. On dirait que la bagarre a été interrompue.

– Ouais. En tout cas, pas de cadavre, pas de sac vert, pas d'Olrik.

Olivia alluma les deux ordinateurs. Inquiet, Jonathan alla passer la tête à l'extérieur, mais aucune embarcation ne s'annonçait dans les parages.

Olivia passait en revue tous les dossiers stockés sur le disque dur de la machine la plus récente, ouvrant les fichiers un peu au hasard sans trop savoir ce qu'elle cherchait, ni même s'il y avait quelque chose à chercher. Tout était rédigé en norvégien, forcément, et elle n'y comprenait rien, absolument rien.

– Il faudrait un fichier en anglais, dit-elle, excédée.

– Ou des images… Tu crois que ça vaut la peine de continuer ? On va y passer un temps fou. C'est quoi, tous ces logiciels ?

– C'est sûrement pour les saumons.

– Arrête.

– À ton avis ? Il faut bien gérer la nourriture des poissons qui sont dans les filets, surveiller la température de l'eau… Des trucs dans le genre. Ça m'étonnerait qu'il joue en réseau avec ses copains !

– Me prends pas pour un gogol ! se vexa Jonathan.

– Il doit aussi leur donner des médicaments quand ils sont malades…

– Non ?

– Quand tu élèves des vaches, tu fais bien appel à un véto. Pourquoi, là, on se contenterait de mettre des poissons dans des filets au milieu de l'océan ? T'as intérêt à avoir les plus beaux Findus du monde, si tu dois vivre de ton métier. T'es pas d'accord ?

– Si, si. Mais il vient le matin, c'est tout. Comment peut-il s'occuper de tout ce bazar ? Il doit le…

– Surveiller ! Oui, Jon, c'est ça ! Ça ne peut être que ça. Aide-moi, j'y comprends rien !

Ils cliquèrent sur d'autres icones, sondèrent au hasard, en vain.

– Et celui-là ? dit Jonathan en s'approchant du

second ordinateur. Il est sûrement pas là pour la déco.

Cette fois, les choses allèrent beaucoup plus vite. Jonathan repéra un icone représentant une caméra. Dès qu'il eut lancé le programme, des centaines de saumons envahirent l'écran, tournant en rond sur un rythme frénétique à l'intérieur d'un immense filet.

– Oh, *my God*[1] ! Tous ces saumons !

– C'est dingue ! Et là, Jon, regarde ! Les trois petites fenêtres sur le côté de l'écran… Il doit y en avoir une par filet ! Vas-y, clique !

Olivia arracha la souris des mains de son frère et cliqua sur la fenêtre *to*[2]. Dans ce filet, étaient rassemblés des poissons plus petits. Ici, ils semblaient encore plus nombreux à tourner dans l'anneau de la mort. Le filet *tre*, lui, contenait de tout jeunes saumons, encore plus nerveux dans leurs déplacements. Le *fire*, enfin, n'était plus qu'une grappe pendante. En partie du moins. Des piquets s'étaient retournés et agglutinés sur les cordages. Effrayés à l'idée de recouvrer leur liberté, quelques dizaines d'alevins nageaient autour de cette masse informe.

1. (angl.) Mon Dieu !
2. (norv.) *To* : deux ; *tre* : trois ; *fire* : quatre.

On aurait pu prendre cet amoncellement incongru pour un énorme cocon verdâtre et blanc. Mais il y avait peu de chance qu'en jaillisse la vie. L'image qui apparaissait à l'écran n'avait rien de commun avec une chrysalide.

C'était une image de mort.

C'était un bras humain.

11

Je n'en peux plus, j'ai peur à en avoir les crottes de nez qui pendent, Olrik est un assassin, il ne faut pas écouter les mouettes énervées.

Les mouettes énervées ont toujours l'air de vous dévisager juste avant de vous attaquer en piqué. Les mouettes énervées crient et sont plus grosses que lorsqu'elles volent tranquillement dans le ciel.

C'était mortalatrocious *!*

Sur l'écran de l'ordinateur, on devinait les mouvements de la houle au balancement de la grosse grappe immonde dans l'océan verdâtre. Le filet bougeait de gauche à droite et tournait sur lui-même comme une toupie. J'ai cru à un moment donné que le mort était encore vivant et qu'il tentait de s'extirper de la nasse. J'ai cru qu'ils étaient deux et qu'ils se battaient. À mort. Olivia a fini par hurler, tellement je lui serrais fort les épaules : j'étais en train de lui broyer les clavicules. J'ai sursauté, j'ai fait un bond sur le plancher flottant.

On ne pouvait pas parler, on tentait de comprendre, de tout voir. Olivia a cherché en vain une commande de déplacement de la caméra, puis elle a remis à l'écran les images des trois autres filets, l'une après l'autre. Elle espérait peut-être qu'il suffisait de faire défiler les images pour retricoter la poche fire, y réintroduire les poissons et faire disparaître le noyé et tout son bazar. On voulait revenir en arrière dans le film et non pas avoir ce terrible arrêt sur image ! Mais, ett, to, tre, fire ! on n'était pas dingues ! Non. Il était toujours là, bien là, comme enveloppé dans un boudin de plastique gris, avec ce bras qui dépassait.

C'est là qu'on a vu, Olive et moi, que le boudin était un youyou[1] crevé, d'où surgissait un bras, l'hélice d'un petit moteur, et en plus ce truc qui ne brillait pas mais qui était plus lumineux, un aviron en aluminium (c'est Olive qui a supposé ça, à cause de ses stages de voile). Au bout du bras, la main était très blanche, comme de la peinture. Pour moi, c'était une main de femme. Olive doute, mais Olive doute toujours. Il lui faut des preuves,

---

1. Petit canot, gonflable ou non, utilisé pour la navette entre un bateau et la côte.

des démonstrations, des vérifications, des essais. Ç'a été le seul moment où on a osé parler.

Parce que, ensuite, le feuilleton de l'horreur a repris. Ce n'était pas la main, qu'on voyait, mais le ventre d'un poisson, un poisson posé là, la tête en direction de la manche.

J'ai éteint l'ordinateur par peur de voir un banc de sardines sortir de la manche du mort. Puis Olive, comme une maniaque, s'est efforcée de remettre les choses en ordre, c'est-à-dire dans le désordre dans lequel on les avait trouvées. J'étais incapable de l'aider. J'avais beau comprendre qu'elle voulait effacer toute trace de notre passage, je l'ai laissée faire. J'avais l'impression d'avoir pris un coup sur la tête, on avait enfoncé de force dans ma cervelle des images dégoûtantes, les images d'une mort horrible.

Chacun avec ses pensées, on a rembarqué dans notre kayak. C'est là qu'une armée de mouettes nous a pris pour cible. Elles piaillaient en s'approchant de la ferme d'Olrik. C'était nous qu'elles visaient. Enfin, qu'elles menaçaient. Elles sont apparues d'un coup, et d'un coup ont toutes hurlé. Olive et moi, on en a eu des frissons.

Sous la pluie fine qui avait succédé à la bruine, nous nous sommes mis à transpirer, les tee-shirts collaient à notre peau, les pulls suintaient, les gilets de sauvetage pesaient des tonnes, plaqués sur nos thorax. Je ne sais pas comment on a réussi à ne pas chavirer, comment on a fait pour se concentrer sur la manœuvre. On a filé. Et on a semé les mouettes.

Olive, qui n'a pas pu s'en empêcher, a regardé l'heure à sa montre, chronométrant le record à battre pour s'éloigner de la mort. Douze minutes plus tard, en nage et à bout de souffle, nous étions au ponton du hangar à bateaux de Mme Andersen. Record battu, moral à zéro.

On a tiré le kayak au sec, on l'a serré entre ses sangles, on a rangé les pagaies. Je ne sais pas pourquoi, j'en ai repris une et je l'ai remontée à la maison rouge avec l'envie féroce de taper sur quelque chose.

On a essayé de parler en buvant un Coca. J'étais énervé. Olive m'a agacé. Elle pensait qu'on ferait mieux de tout raconter à Chouchen, mais je n'avais pas envie de mêler les adultes à mon *histoire. Et puis j'ai revu le cadavre coincé dans son filet, et ça m'a fait flipper. J'ai dit à Olive qu'elle avait peut-être raison, et là, elle a passé la marche arrière : « Non, Jon, souviens-toi des menaces de La Sardine… Retour en France, la pension, et les week-ends chez mamie à Issy-les-Moulineaux ! »*

On s'est chiffonnés un bon moment, mais on a fini par tomber d'accord : on la ferme au moins jusqu'à l'arrivée de Dad, ensuite on verra.

On s'est précipités chacun sur notre boulot : moi, le log book, *Olive la bouffe. C'était la seule façon d'oublier ce cauchemar. Des fois, c'est mieux de dire ce qu'on a sur le cœur, un noyau qu'on crache ; des fois non, il faut avaler le noyau.*

Là, pendant qu'Olive fait du bruit avec les casseroles, je sens que je le crache et l'avale en même temps. Toutes ces questions... Pourquoi le SMS reçu par L'Élan l'a-t-il fait déguerpir en direction de sa ferme avec le corps de sa femme assassinée dans un sac ? Parce que c'est sa femme, c'est sûr. Le SMS l'accusait du meurtre et il devait à tout prix se débarrasser du cadavre au plus vite. Mais pourquoi si près de ses saumons, dans l'un de ses filets ? Pourquoi pas chez un concurrent ? Il n'avait pas eu le temps, c'est ça, oui... Il reste quand même des trucs pas clairs... Qui a envoyé le SMS ? Un complice ? Un témoin ? Qui ?

Olivia cuisine et soupire. Des petits nuages de contrariété et de peur sortent, translucides, de ses lèvres. Je les vois : ces nuages sont de jeunes saumons qui se mettent à tourner en rond dans la cuisine. Ah !

12

20 juin, 12:18:13, de la macédoine à la place de la cervelle et le moral comme un pudding.

Tomber sur ce cadavre, ç'a été l'horreur intégrale... C'était la première fois de ma vie que j'en voyais un. Même sur un écran d'ordinateur, même en apercevant juste une silhouette roulée comme une crêpe farcie dans une espèce de gros caoutchouc avec seulement un bras qui dépassait, on se serait crus dans un film d'horreur... Sur le coup je n'ai pas complètement réalisé, mais quand on est remontés dans le kayak je me suis mise à trembler comme une feuille. J'avais l'impression que je n'aurais jamais la force de pagayer jusqu'à la côte. Jonathan, lui, a eu la réaction inverse : à le voir se défoncer, on aurait pu croire qu'on avait un requin dans le dos.

Une fois le kayak à sa place dans le hangar à bateaux (pourvu qu'il sèche avant que Chouchen n'ait tout à coup l'idée d'y aller !), on a pris un grand verre de Coca pour se remonter et on a fait le point. Au début, ça nous a soulagés de vider notre sac et on était à peu près d'accord, mais comme d'habitude ça a très vite tourné au vinaigre. Je n'ai jamais vu quelqu'un d'aussi illogique que mon frère. Des idées, ça oui, il en a... Au moins une demi-douzaine à la minute dans ses moins bons jours. Mais pour ce qui est de raisonner, il est trop nul. Quand il regarde au plafond et commence à agiter les mains, on peut se préparer au pire : il va lancer une idée tordue, et s'énerver s'il n'arrive pas à convaincre. Quand il est bien obligé d'admettre que son idée ne tient pas debout, il cligne très vite des yeux comme une chouette éblouie, puis s'en va en décrétant : « De toute façon on ne peut pas discuter avec toi, tu es beaucoup trop terre à terre ! »

Cette fois, il a ajouté : « C'est dommage, mais c'est comme ça *», avant de se plonger dans le* log book. *Maintenant il est monté dans sa chambre et je ne vais pas le revoir avant le déjeuner. À ce moment-là, il sera bien content de manger ce qu'aura préparé la fille tellement terre à terre.*

À chacun sa méthode pour se détendre. Dans le livre de recettes norvégiennes que Chouchen m'a offert avant de venir ici, j'ai trouvé exactement de quoi nous remonter le moral : des kjøttkaker *! Ce sont des boulettes de viande qu'on mange avec du chou vert.*

Pendant que les oignons fondent dans la poêle, je vais essayer de faire le point.

Maintenant qu'on a vu le cadavre, on est certains que Jon avait raison. Olrik a bien commis un meurtre et transporté le corps dans le sac vert. Reste à savoir qui il a assassiné. Sûrement sa femme, puisqu'il n'y a personne chez eux depuis hier soir. (Cela, on en est à peu près sûrs, à cause du drapeau et des rideaux restés ouverts.)

Donc on a le nom de l'assassin et on sait qui est la victime. (C'est là que Jonathan a commencé à débloquer, tout à l'heure. D'après lui, il peut y avoir d'autres victimes, Olrik serait un tueur en série qui sèmerait des cadavres dans toutes les fermes aquacoles de la région. Sans commentaire...)

Il y a encore beaucoup de choses pas claires.

D'abord, le SMS. Jonathan a raison : il a dû être envoyé par un complice, ou plutôt par un témoin. Dans les deux cas, on donnait rendez-vous à L'Élan à la ferme aquacole.

Et puis le cadavre... Pourquoi est-ce qu'Olrik l'a jeté à l'eau à cet endroit ?

Moi, je le sais !

Il était temps ! Les oignons étaient en train de cramer. Mais bon, j'ai tout arrangé. Le chou est dans la cocotte et j'ai fait de grosses boulettes plates avec la viande, l'œuf et les oignons. Il n'y aura plus qu'à les mettre dans la poêle comme des steaks, quand Chouchen rentrera et que Jonathan daignera redescendre de son perchoir. Encore une fois, je ne peux pas compter sur lui. Il pourrait descendre, maintenant. Ça me ferait du bien, qu'est-ce qu'il croit ? Je ne suis pas plus blindée que lui !

Bon, maintenant, la réponse à ma question. Pourquoi Olrik a-t-il jeté le cadavre dans sa ferme aquacole ? Pour qu'il soit retenu par le filet et ne puisse pas dériver, bien sûr ! Sans cadavre, personne ne peut savoir que la femme d'Olrik est morte.

Autre question : est-ce que ça n'aurait pas été plus malin de jeter le cadavre dans la ferme d'un autre éleveur ? Non ! Quelqu'un aurait pu voir la barque d'Olrik s'approcher des filets d'un concurrent, ç'aurait été suspect. Il avait intérêt à ne pas se faire remarquer...

Il n'est pas tiré d'affaire pour autant. Il va être obligé de se débarrasser aussi *de celui qui lui a envoyé le SMS. Il va sûrement l'expédier chez les saumons à son tour. Non, c'est dingue, cette histoire...*

J'aimerais bien savoir aussi qui est l'auteur du SMS.

Quelqu'un qui menace Olrik, ou un complice ? Et pourquoi avoir écrit en anglais ?

Je crois deviner. Pendant le voyage en voiture, Chouchen nous a fait tout un cours sur la langue norvégienne. On y a droit à chaque fois qu'on va dans un nouveau pays, je me demande ce qu'elle attend pour publier un Traité des langues et des dialectes... *Si j'ai bien compris, les Norvégiens ont deux langues : le nynorsk et le bokmål. La plupart des gens parlent le bokmål, mais d'autres s'expriment en dialecte, surtout dans l'Ouest. Si l'homme qui a envoyé le SMS parle dans un dialecte que L'Élan ne comprend pas, il était obligé de lui écrire en anglais...*

Il ne nous reste plus qu'à chercher un homme qui ne connaît pas le bokmål... ou bien un Anglais... ou encore un étranger... Pourquoi un homme, d'ailleurs ? Et si c'était une femme ?

On nage en plein brouillard.

13

Toujours le 20 juin, 14:55:04,
un kjøttkaker et une glace à la noix de coco sur l'estomac.

La sauce blanche avec laquelle j'ai servi les kjøttkaker *était succulente. Même Chouchen n'a rien laissé dans son assiette. Il faut dire qu'elle devait mourir de faim, après la matinée qu'elle a passée...*

Elle devait rencontrer l'organisateur du Festival national d'accordéon qui commence à Bodø à la fin du mois. Manque de chance, l'Espace est tombé en panne d'essence et la batterie de son portable était déchargée. Elle a dû se planter au bord de la route et faire de grands signes pour arrêter un automobiliste. Elle est tombée sur un Polonais qui ne parlait pas un mot d'anglais ! Il a fini par la conduire à Bodø, où elle a trouvé un garagiste qui a accepté de lui vendre un bidon d'essence, puis elle a pris un taxi pour retourner jusqu'à l'Espace. Mais elle s'est alors aperçue que l'adresse du type qu'elle devait rencontrer était restée dans son agenda (normal !) et que son agenda n'était pas dans Double-Fond *(moins normal...). Résultat, elle va devoir prendre un nouveau rendez-vous. (Ça nous arrange bien, Jon et moi...)*

Mais ce n'est pas pour raconter ça que j'ai repris le log book.

Pendant qu'on dégustait mon kjøttkaker, *Jonathan a tout à coup bondi de sa chaise en hurlant comme s'il avait été piqué par un crotale. Il avait simplement aperçu une mouette. En me jetant un regard supérieur, il a précisé que c'était une mouette* tridactyle. *Il avait peut-être peur que je lui demande si ce n'était pas plutôt un gros merle blanc ! Mais il n'y avait pas de risque, je sais très bien qu'il est imbattable sur les oiseaux (comme d'ailleurs sur plein d'autres choses, ils m'énervent, La Sardine et lui, à toujours tout savoir).*

Il nous a expliqué que les mouettes tridactyles se nourrissaient de crabes, de crevettes, de coquillages et de petits poissons. Comme il m'agaçait un peu avec sa leçon d'ornithologie, j'ai dit :

– De tout ce qu'on peut trouver de vivant dans la mer, quoi !

Il a répliqué du tac au tac :

– Vivant ou mort. Même les déchets des bateaux de pêche les intéressent.

Alors tout à coup j'ai pigé. J'ai pigé pourquoi L'Élan s'était débarrassé du cadavre à la ferme aquacole : les saumons affamés feront le ménage ! Bientôt, il ne restera plus de sa victime que des os qui tomberont au fond de l'eau, et personne ne saura jamais que notre voisin l'éleveur est un assassin.

Personne sauf nous et l'auteur du SMS.

Et si la personne qui a envoyé le SMS nous a vus aller à la ferme aquacole ?

Mon kjøttkaker *ne passe pas très bien. J'ai dû mettre trop d'oignons.*

14

– Vous êtes sûrs que ça ira ? Avec ton anglais, Jon, vous devriez vous en sortir... Je compte sur toi pour ne pas confondre les NOK avec des euros, Olivia.

– Et nous, on compte sur toi pour ramener Dad !

– Oui, oui, il vole déjà ! Vous avez bien pris la liste ? N'oubliez surtout pas les trombones et le surligneur, j'en ai absolument besoin.

Olivia et Jonathan avaient déjà atteint la route qui conduisait à Mørden. Elle était déserte, heureusement. Personne ne serait témoin de cette avalanche de recommandations *sardinesques.*

– T'inquiète, maman, on n'oubliera rien ! cria Olivia en entraînant son frère. Ni les trombones, ni le surligneur, ni les lentilles !

Elle se retourna pour vérifier qu'elle avait obtenu l'effet voulu. Gagné ! Chouchen était statufiée sur le pas de la porte, la main qu'elle avait levée pour leur dire au revoir restée en l'air comme si elle prêtait serment dans un tribunal. Olivia croyait presque voir s'échapper de sa bouche un phylactère dans lequel était écrit : « Des lentilles ? Il ne me semblait pas en avoir mis sur la liste… » Finirait-elle pas comprendre que ce n'était qu'une plaisanterie, qu'il s'agissait des lentilles de contact dont sa fille rêvait depuis des mois ? Olivia ne perdait pas une occasion de le lui rappeler d'une façon ou d'une autre. Sans grand espoir, à vrai dire. Son intellectuelle de mère ne jugeait pas nécessaire de remplacer de solides lunettes par des lentilles d'une fragilité inquiétante.

– On se débarrasse des courses vite fait et on va se poser dans un café, proposa-t-elle à Jonathan. J'ai des tas de choses à te dire.

Les boutiques étaient pour la plupart concentrées dans les trois rues qui descendaient en faisceau vers le port. D'un commun accord, Olivia et Jonathan se dirigèrent droit vers le petit supermarché. En moins de dix minutes, ils entassèrent dans un panier viande séchée et concombres, persil et hareng fumé, lait et jus de fruits. Chouchen avait suggéré d'acheter du saumon mariné, mais ils tombèrent d'accord pour l'oublier.

– Des chips ? suggéra Jonathan.

Olivia lui jeta un regard dédaigneux. Pourquoi pas du camembert ? On était en Norvège, non ? Elle condescendit à prendre deux paquets de ces infâmes préparations industrielles (aux oignons et au paprika) avant de pousser son frère vers la papeterie. Trombones et surligneurs tombèrent en pluie dans le panier, juste avant un passage éclair à la caisse.

Olivia exigea ensuite de partir à la recherche de l'unique *vraie* boulangerie de Mørden. *Pain*, avait platement noté Chouchen à la fin de la liste… Dans quel pays se croyait-elle ? En Norvège, *pain* était un terme aussi vague que *fromage* en France ou pâtes en Italie. Heureusement, Olivia savait exactement de quoi ils avaient besoin : *flatbrød*, *grovbrød*, *knekkebrød*, *loff*, *bolle*, *krisbrød*… Blanc ou noir, levé ou non, en tranches ou en lamelles, aux raisins ou aux céréales, elle s'était évertuée à en apprendre tous les noms pour ne pas avoir à dépendre de l'incompétence alimentaire de Chouchen.

– Fallait vraiment prendre tout ça ? demanda Jonathan lorsqu'ils sortirent de la boutique, chargés de sacs en papier.

– Vraiment. Et maintenant, la glace !

– Plutôt un chocolat brûlant, corrigea son frère en resserrant le col de son blouson.

Le léger crachin du matin avait fini par se lasser, mais la brise n'avait pas molli et les chapelets de nuages qui s'effilochaient faisaient courir des ombres violettes sur la mer.

– Le soleil va être super beau, cette nuit, remarqua Olivia.

– Super froid, tu veux dire ! répliqua Jonathan.

D'où lui venait cette sensation d'avoir le corps parcouru par un fluide glacial ? De la latitude absurdement élevée de ce pays-blizzard, ou de l'image macabre dont il ne parvenait pas à se débarrasser ? Depuis le premier jour il savait que ces vacances seraient placées sous le signe du froid et de l'humidité. Il lança des regards réprobateurs aux jeunes Norvégiens qui traînaient en tee-shirt, le sourire aux lèvres. Par 16° tout au plus – et encore, en plein soleil –, c'était de la provocation.

Rien ne semblait tout à fait réel. Jonathan était sensible à l'atmosphère inquiétante qui flottait dans le petit port. Était-ce dû à l'étrange beauté de la lumière du Nord ? Les mouettes parcouraient le ciel en s'interpellant comme pour s'avertir d'un danger. Même les maisons colorées et d'une propreté méticuleuse semblaient trop sages pour ne pas dissimuler quelque secret.

Ils empruntèrent Apotekgate, l'une des trois étroites rues pavées qui descendaient vers le port. Un chat tigré feula, leur coupa la route en bondissant et disparut dans une ruelle.

Un café était ouvert à deux pas de la jetée, dans une petite maison de bois de teinte ocre dont la façade donnant sur la mer était prolongée par une terrasse sur pilotis.

– Elle ressemble à un jouet, dit Olivia.

– À une miniature, plutôt, corrigea Jonathan, ou à une maquette.

– C'est ça, t'as raison… On s'assoit dehors ? On sera plus tranquilles pour discuter.

Jonathan suivit sa sœur en espérant que le chocolat serait *vraiment* bouillant.

– *God morgen*[1] ! lança-t-il au serveur qui se dirigeait vers eux.

– *God eftermiddag*[2] ! répondit le garçon.

– Ça commence bien, je me suis planté, marmonna Jonathan avant d'ajouter à haute voix : *Jeg snakker bare engelsk*[3].

---

1. Bonjour ! (En norvégien, formule utilisée le matin.)
2. Bonjour ! (En norvégien, formule utilisée l'après-midi.)
3. (norv.) Je ne parle que l'anglais.

– *Alright, no problem*[1] !

Jonathan sentit son moral remonter. Tout compte fait, la Norvège n'avait pas que des défauts.

Olivia commanda une glace (chocolat noir, chocolat blanc et cannelle) et Jonathan insista pour que son grand chocolat soit *très* chaud.

– Ça doit être un étudiant qui fait un job d'été, remarqua Olivia en regardant s'éloigner le serveur. Il est trop beau, on dirait un Viking !

– Parce qu'il est blond ? Moi aussi, je suis blond !

– Sauf que j'ai un peu de mal à t'imaginer sur un drakkar.

– N'empêche que ce matin je t'ai ramenée à la côte en moins de deux !

Olivia admit qu'il s'en était sorti haut la main. Elle se sentait prête à tout pour amadouer son frère. Elle mourait de peur qu'il ait envie de s'en aller au bout de dix minutes. Elle resterait à cette terrasse pendant des heures, jusqu'à ce que tous les clients soient partis et qu'il n'y ait plus que le beau serveur. Elle pourrait même inventer un prétexte pour inciter son frère à rentrer seul… Mais à quoi bon ? De toute façon elle

1. (angl.) D'accord, pas de problème !

n'oserait jamais regarder son Viking en face. Il avait des yeux beaucoup trop bleus et des cils beaucoup trop longs. Il avait un sourire… Il… il… il était beau comme un dieu scandinave !

– Alors ?

Quelqu'un lui parlait ?… Ah oui, Jonathan ! Elle cligna des yeux, redescendit sur terre.

– Alors quoi ?

– Tu avais des tas de choses à me dire.

– Après, quand on sera servis.

Les yeux tournés vers la mer, elle entendit des pas, un tintement de vaisselle sur la table.

– *Takk*[1], dit Jonathan.

– *Vaer så gog*[2], répondit une voix rieuse.

Olivia avait les joues en feu. La température avait dû monter brutalement, comment Jonathan pouvait-il avoir envie d'un chocolat chaud ? Elle attendit que les pas se soient éloignés pour oser regarder sa glace.

Rien qu'à la voir, on savait qu'elle serait onctueuse, crémeuse, savoureuse, succulente, divine… Forcément !

– Alors, tu me racontes ? s'impatienta Jonathan.

---

1. (norv.) Merci.
2. (norv.) Tout le plaisir est pour moi.

Elle lui fit part de ses conclusions. Tout compte fait, elles se résumaient à peu de chose. Olrik avait probablement jeté le cadavre aux poissons dans l'espoir qu'ils l'engloutiraient jusqu'à la dernière miette. Et, maintenant qu'il avait pris la fuite, la seule piste possible était de retrouver la personne qui avait envoyé le SMS : un étranger, un Anglais, ou quelqu'un qui parlait habituellement un dialecte.

– C'est dingue ce qu'on a avancé ! s'exclama Jonathan. Tu comptes t'y prendre comment, maintenant ? Interviewer en anglais tous les habitants de Mørden ? C'est mort !

– Si tu as une autre idée…

– *How is the ice-cream*[1] ?

Olivia avala de travers et fut prise d'une quinte de toux. Comme par miracle, son verre se remplit d'eau et lui fut tendu par une main de dieu scandinave.

– Délicieuse, répondit-elle dès qu'elle fut en état d'articuler.

– *Dé-li-cieuse*, répéta le Viking en s'attardant sur chaque syllabe. *French is so sweet*[2]…

Est-ce que ce n'était pas une façon détournée de

1. (angl.) Comment est la glace ?
2. (angl.) Le français est tellement exquis…

lui dire qu'*elle* était *sweet* ? Olivia osa enfin lever les yeux et risqua en rougissant et en insistant sur le premier mot :

– *Norway is sweet*[1].

La conversation s'engagea. Les choses se gâtèrent aussitôt, car les connaissances du Viking en français se limitaient à une demi-douzaine de mots. Olivia ne se débrouillait en anglais que lorsque les conditions étaient particulièrement favorables – à l'écrit, armée d'un dictionnaire et Jonathan à portée d'oreille. Face à un Viking qui ne la lâchait pas des yeux, elle n'avait aucun espoir de dépasser le stade de ce *Norway is sweet*.

Jonathan comprit qu'il allait *encore* devoir servir d'interprète. Il avait beau adorer parler anglais, il trouvait franchement désagréable de discuter avec un type qui lui répondait en regardant quelqu'un d'autre.

Le serveur s'appelait Stal, venait de terminer sa dernière année de lycée à Bodø et s'apprêtait à étudier l'économie à l'Université.

– *How exciting*[2] ! s'exclama Olivia qui avait l'économie en horreur.

---

1. (angl.) La Norvège est exquise.
2. (angl.) Comme c'est passionnant !

– On aura tout entendu, marmonna Jonathan.

Sa sœur aurait sans doute trouvé tout aussi passionnant que Stal projette de devenir toiletteur pour chiens ou ramasseur de mégots. Quant à lui, il ne s'intéressait pas le moins du monde aux projets du jeune Norvégien. En revanche, il fut ravi d'apprendre que le père de celui-ci, le patron du café, était né à Mørden et y connaissait tout le monde. Jonathan expliqua alors qu'il se passionnait pour les activités locales, et en particulier pour l'élevage du saumon. Il raconta que leur mère avait rencontré un éleveur, Olrik Helgelund, qui avait l'air d'avoir des soucis. Le saumon était-il en crise ?

– Absolument pas, répondit Stal dans un anglais impeccable. Mon père connaît bien Helgelund, ils étaient ensemble à l'école. C'est un brave type, mais on dirait toujours que toute sa famille vient de disparaître dans le Salstaumen. Pas étonnant qu'il soit resté célibataire ! Il paraît qu'il a cet air triste depuis tout petit. C'est sûr que le suicide de son copain ne l'a pas arrangé.

Si Olrik était célibataire, qui était la femme au cocard ? Et un suicide en plus… Deux mystères… Il se passait décidément de drôles de choses dans un si petit port… Malgré le chocolat bouillant, Jonathan frissonna.

Olivia et Jonathan encouragèrent Stal d'un sourire – celui d'Olivia était tout miel.

– Une sale histoire, poursuivit-il. Ça s'est passé il y a trois mois. Un autre éleveur, Strøm, un des copains d'Helgelund... Enfin, façon de parler ! Ils étaient tout le temps fourrés ensemble, mais n'arrêtaient pas de rivaliser à qui aurait les plus beaux saumons. Puis Strøm a eu une tuile. Ses saumons se sont mis à mourir en masse, et un organisme d'hygiène a demandé une autopsie au vétérinaire. Illen – le vétérinaire – a diagnostiqué je ne sais trop quelle maladie, mais il s'est aussi aperçu d'autre chose : les saumons de Strøm avaient avalé du nitrite en quantité !

Il se passa alors quelque chose de stupéfiant : dans un anglais presque parfait, Olivia demanda à Stal quelle propriété chimique possédait le nitrite. Jonathan la regarda avec effarement, et son estime pour le jeune Norvégien grimpa en flèche. Quelqu'un qui était capable de rendre sa sœur subitement bilingue devait être doté d'un sacré magnétisme !

Stal expliqua que le nitrite donnait meilleure mine aux saumons. Autrement dit, il rendait leur chair plus rouge et donc plus appétissante. Mais dépasser la quantité autorisée constituait une grave infraction. Or Strøm avait « nitrité » ses poissons à mort dans l'espoir de les vendre plus chers. Confondu, il s'était senti déshonoré et s'était suicidé à coup de somnifères et d'aquavit.

– Il était dépressif… Cette histoire l'a achevé et…

Stal s'interrompit net en entendant résonner la corne grave d'un navire.

– Waouh, le *Trollfjord* ! Dire que dans trois semaines je serai à bord !

Les yeux noirs d'Olivia brillèrent comme des pierres précieuses. En plus d'être à croquer, Stal était un grand voyageur, un aventurier ! Le bateau qui passait au large avait l'allure d'un paquebot d'au moins trois étages, la coque d'un noir d'ébène surmontée d'une large cheminée. Olivia se rappela à temps que les bateaux, en anglais, étaient du genre féminin. Elle demanda dans un anglais sans fautes quelle était la destination de ce superbe transatlantique.

– Tu veux dire ce trans-mer-de-Norvège, rectifia Jonathan.

Stal n'eut même pas un sourire pour lui. C'était simple, Jon avait l'impression d'être devenu transparent. Mais il aurait sa revanche. Il était certain qu'Olivia n'avait pas compris le quart de ce qu'avait raconté le Viking.

Le *transatlantique* n'était en réalité qu'un des onze bateaux de l'*Hurtigruten*[1] qui cabotaient le long de la côte norvégienne, révélant aux quelque six cents touristes montés à bord la beauté des fjords depuis Bergen jusqu'à Kirkenes, par-delà le cercle polaire et le cap Nord.

Un vulgaire bateau-mouche, en somme, se dit Jonathan en entendant Olivia s'extasier sur les vastes ponts, les salons panoramiques et autres saunas que Stal décrivait avec enthousiasme. Un bateau-mouche dont la coque, en plus, était soulignée d'une bande rouge, comme la barque d'Olrik... Mais cela, Olivia ne l'avait sûrement pas remarqué. À en juger par son air stupide, elle avait totalement oublié leur objectif.

Elle m'énerve vraiment, se dit Jonathan en se mettant à trembler ostensiblement.

– J'ai très froid, annonça-t-il en français. Si on ne part pas tout de suite, c'est la crève assurée, et de toute façon Chouchen doit s'inquiéter. Reste si tu veux, mais l'interprète rentre à la maison rouge.

« Je reste mais tu serais sympa de rapporter les

1. Express côtier.

paquets pour ne pas faire attendre Chouchen », faillit répondre Olivia. Cependant l'idée de se retrouver seule avec Stal lui coupa le souffle et elle murmura :

– D'accord, on y va.

Au moment de quitter la terrasse, elle se rappela à temps l'expression qu'elle cherchait depuis cinq minutes :

– *See you soon*[1], dit-elle avec son sourire numéro un.

Elle n'entendit pas la réponse de Stal car l'émotion lui fit lâcher la moitié des sacs remplis de provisions qu'elle venait de rassembler à grand-peine.

– Tu pourrais m'aider, Jonathan !

– Qu'est-ce que je fais d'autre depuis tout à l'heure ?

Il n'aurait jamais dû accepter de suivre sa sœur au café. Les ennuis avaient commencé avec Olrik, mais ce n'était rien à côté de ce qui les attendait avec le Viking.

---

1. (angl.) À bientôt.

log book

15

20 juin, Dad décolle d'Oslo. C'est l'heure fauve, la boule rouge à l'ouest commence à nous mentir en descendant. Un mort sur les bras, un second qui se profile à l'horizon, retour de la brise de mer, apparition du labbe parasite : avis de tempête sur Mørden.

Le labbe parasite quitte les côtes africaines au printemps et remonte vers l'Arctique. En haute mer, il vole sans craindre les vents violents. Lorsqu'il est à terre, il agresse tous ceux, oiseaux ou mammifères, qui s'aventurent sur son territoire. Et même les hommes qui s'approchent trop de son nid.

Et si L'Élan était un de ces oiseaux ? Un labbe parasite... ? Dans mon bouquin, il y a plein de dessins et de photos d'oiseaux. Le labbe parasite est moche, avec un gros bide, des pattes courtes, pas de cou, et sur la nuque des plumes jaunes. Jaune moutarde. Quand il se rapproche des côtes, il pique les proies des autres espèces, qu'il terrorise. Est-ce que je deviens dingue ? J'imagine des prédateurs partout, en mer, à terre, dans la maison au drapeau, dans la cabane de la ferme aquacole... Manquait plus que ce Stal. Un Viking aux cheveux jaunes, façon mayonnaise, lui. C'est ma sœur qui va être contente : ce prédateur-là trouve naturellement sa place en cuisine.

Très bien. J'espère (hein, espèce de panse de brebis farcie ?) que ma grande sœur va un peu oublier les petits plats, le salé et le sucré, les glaces chocolat et cannelle, les crevettes au chou et ses questions sans fin : « Ça vous plaît-c'est bon-c'est pas un peu trop salé-trop chaud-j'aurais dû apporter mon mélange grande muraille et mes fèves tonka, non ? » Parce que là, Olive, il commence à y avoir le feu et ce n'est pas aussi exciting que les cours d'économie ou so sweet que le french pour un marchand de glaces norvégien.

Admettons que Strøm, le copain d'Olrik, a été « suicidé ». Tu es d'accord avec moi, Olivia, puisqu'on est arrivés ensemble à cette hypothèse. Ne change pas d'avis en cherchant à tout prix une théorie scientifique, une preuve matérielle, une démonstration mathématique ou dans quelle direction volent les sternes chaque année *le 20 juin. STP. D'abord, le 20 juin, les sternes se reposent, c'est comme ça. Elles se remettent de la journée du 19. Non, c'est une blague, Olive. Quoique...*

Reprenons. Je vais essayer d'être aussi méthodique qu'Olivia.

Un : Olrik a reçu un SMS menaçant, saucissonné le corps de sa femme dans son sac vert, chargé le tout dans sa barque, filé jusqu'à sa ferme, débarqué le cadavre dans un petit youyou, coulé le tout en vitesse à proximité d'un de ses filets, s'est barré, a disparu de la circulation. Tout ça collait encore avant qu'on rencontre ce fichu Viking mayo.

Deux : Stal nous apprend, petit a, *qu'Olrik est célibataire et déprimé chronique, et,* petit b, *que Strøm, son collègue et concurrent, s'est suicidé après la découverte d'un taux élevé de nitrite dans ses saumons.*

Trois : Olivia et moi ne croyons pas au suicide de Strøm. On n'a aucune preuve, mais ce suicide sent l'embrouille.

Quatre : Comme dirait Olive, qui est donc le saucisson vert ? La veuve de Strøm ? Menaçait-elle Olrik ? Pourquoi, comment ?

Cinq : Les saumons sont au centre de toute l'histoire.

Six : Et si on demandait des informations à Chouchen ? Elle a interviewé Olrik, elle sait plein de trucs sur les saumons norvégiens... Mais pas facile de la questionner sans éveiller sa méfiance... Il faudrait déjà ne pas lui parler d'Olrik. Réfléchir avant de gaffer. Enfin, essayer de ne pas gaffer...

Sept : Qui est l'auteur du SMS ? Ami ou ennemi de L'Élan ?

Huit : Les poissons peuvent-ils grignoter de l'humain ? Sûrement, mais à quelle vitesse ?

Neuf : Le cadavre dans le filet. Est-ce qu'Olrik voulait vraiment le mettre là ? Ou bien est-ce qu'il voulait le couler, et que le bazar est resté accroché ? Ou alors il a tout coulé là où c'était et ça s'est mis tout seul dans le filet en le déchirant ? Dans les deux cas, je ne vois pas quoi en tirer.

Dix : Pourquoi un petit xumètre de laboratoire dans la cabane ? À quoi, cela pouvait-il servir ?

Et onze : J'ai la cervelle comprimée par ces questions sans fin. Je n'ai pas l'impression qu'Olive pense à tous ces trucs. Elle n'en parle pas comme moi dans le log book. *Ce qui ne veut pas dire qu'elle s'en fout... Excuse-moi, Olive, d'avoir sous-entendu que... Olive, il faut qu'on parle, qu'on creuse, qu'on fouille ! Et qu'on se grouille. Je te rappelle que Fuseau-horaire arrive dans quelques heures, ce soir si tout va bien/va mal (au choix, selon le point de vue) !*

Ce qui veut dire, douze : Stal peut être une source d'informations, une sorte de collègue. Tu as le droit de progresser en anglais (ça ne serait pas du luxe !), mais je suis le traducteur officiel, hein ? Et, s'il te plaît, ne tombe pas amoureuse.

Pense à ce qu'on a vu sur l'ordinateur. Je sais que ce n'est pas facile. Je sais que tu as parfaitement le droit de m'insulter pour ce que je viens d'écrire, mais dans la ferme d'Olrik c'est pas un saumon qui est en train de finir en sushi. Et si L'Élan est un tueur en série, on a intérêt à le piger vite parce que, à mon avis, je ne serais pas surpris qu'on figure sur sa liste, et peut-être en bonne place.

Qui te dit, treize, qu'il ne nous a pas vus ? Tu te souviens du petit trou qu'il y avait en haut de l'écran ? C'était une webcam ! Qui te dit qu'en allumant l'ordinateur on n'a pas déclenché l'enregistrement d'images ? Ouais, penses-y, Olive, penses-y.

Tiens, pour finir, un extrait intéressant de mon bouquin : Le labbe parasite niche généralement en colonies lâches où chaque couple défend âprement son territoire. Il surveille les alentours depuis une motte herbeuse ou tout autre promontoire élevé, et chasse les labbes rivaux en les martelant à grands coups de pattes.

Qu'est-ce que t'en penses, Olive ?

16

Quand Chouchen poussa la porte de la maison rouge, ce furent ses yeux noisette qui entrèrent les premiers dans la pièce, avec cet air si particulier qu'ils prenaient après avoir recueilli des images d'un monde parallèle.

Jonathan fixa sa mère en pure perte : elle n'habitait pas son enveloppe corporelle. C'était un ectoplasme qui venait de refermer la porte, un droïde de protocole qui avait lancé son sourire diplomatique pour peuplades amies, un zombie des fjords qui avait laissé choir son imper dans le premier fauteuil venu, l'esprit liquide du Salstaumen qui, de Bodø, était rentré à la nage, oubliant son mari dans le coffre de la voiture et celle-ci sur un parking de l'aéroport.

Le zombie des fjords se dirigea vers le coin cuisine, déposa la clé de l'Espace dans la soucoupe où se reposait Germaine, et Double-Fond sur le comptoir, d'où il chut.

– Ne me dis pas que tu as oublié Dad ?

– Humpfff, répondit le droïde avec une grimace de fin de conversation.

– Maman, moi être là. Sœur dans chambre. Toi savoir où papa être ?

Tiphaine expédia un coup de pied à tous ses fantômes et lança une phrase qu'elle regretta aussitôt après l'avoir prononcée :

– Ton père m'agace à toujours se débrouiller pour être coincé au milieu d'une grève, d'un cataclysme ou d'une épidémie !

Elle se retint à temps d'ajouter la guerre à la liste des éléments extérieurs qui le mettaient en retard, le faisaient atterrir ailleurs, ou le retenaient le temps d'une quarantaine. Le plus fort ayant été, l'hiver dernier, son déplacement à la Réunion au tout début de l'épidémie de chikungunya ; il avait failli fêter Noël seul là-bas avec l'Aedes, le moustique saigneur.

Mais très curieusement, un regard coulissant lui apprit que Jonathan restait sans réaction, lui qui, pourtant, considérait son père comme un dieu vivant.

– Christopher n'a pas pris l'avion, crut-elle bon de préciser. La grève à Roissy n'est pas finie. Je ne sais pas quand il pourra nous rejoindre. Demain, dans deux jours ou à la saint-glinglin.

Jonathan s'était rapproché de Germaine, manifestement pour se donner une contenance. Tiphaine se baissa, rassembla sa vie portative au fond de son sac, avec l'impression confuse que son fils lui cachait quelque chose. Son comportement était étonnant : il s'inquiétait de l'absence de son père pour, quelques minutes plus tard, s'en désintéresser. Lui en voulait-il encore de la surprise – maladroite, elle en convenait – qu'elle avait essayé de leur ménager jusqu'au dernier moment ? Étaient-ce les images crues de l'attentat de Dubaï, cette violence télévisuelle banalisée, qui le bouleversaient encore ? Tiphaine conclut que c'était sans doute un mélange de tout ça. Jonathan entrait à son tour dans la période difficile de l'adolescence. Elle résolut d'être un peu plus attentive. Pour un garçon de bientôt treize ans, la vie nomade et des parents souvent absents n'allaient pas de soi.

Elle s'ébroua comme le fait un chien qui sort de l'eau, une manière comme une autre de reprendre pied sur la berge.

Jonathan s'était réfugié dans son livre d'ornithologie, attendant que sa mère l'oublie ou qu'elle change de sujet. Il ne savait plus comment s'en sortir. Bien sûr, qu'il avait envie de voir son père ! Il avait hâte de le retrouver, même au prix d'une expédition *réfrigérifiante* jusqu'au cap Nord et Vardø. Mine de rien, tout en louchant sur la double page consacrée à la barge à queue noire, il avait senti que Chouchen décrochait de la réalité pour renouer avec la tribu de ses chimères. Elle se livrait maintenant à de petites activités sautillantes dans tous les coins de la pièce : dépôt de Double-Fond sur son imper, dans le fauteuil ; retour vers Punaise pour consultation ; ouverture et fermeture du couvercle du piano ; pause dans le canapé devant la télévision éteinte ; second retour en cuisine pour prise de jus de fruits dans le frigo ; grignotage d'olives debout devant l'évier.

Tout à coup, les yeux noisette virèrent au rouge : retour à la parole.

– Tu sais, dit-elle en venant s'asseoir à la grande table, il ne devrait plus y en avoir pour très longtemps. Ton père sera bientôt là, ne t'inquiète pas.

– Je sais. Où t'as vu que j'étais inquiet... ?

– Oui, je me trompe sûrement, sinon...

– Tout va bien, mentit Jonathan, en consentant à lever le nez de son livre. C'est juste, reprit-il en s'efforçant de sourire, que je trouve qu'il caille et que...

Il s'interrompit avant d'ajouter « ... tu n'es pas souvent là ». Il devait se méfier de son bavardage. C'était le genre de truc à amener des complications.

– Oui ?

– Le soleil de minuit… je m'habitue pas.

Tiphaine le fixa quelques instants dans les yeux, tâchant d'évaluer ce que cachait ce mensonge manifeste, mais renonça.

– Que fait ta sœur ? demanda-t-elle soudain pour tenter d'ouvrir un autre front.

– Elle travaillait, dit brusquement Olivia qui s'était approchée sans bruit dans leur dos.

– Tu m'as fait peur ! protesta Tiphaine.

Jonathan se replongea illico dans la fiche d'identification de la barge à queue noire.

– Je travaillais là-haut, reprit Olivia. Ça te fait plaisir, j'espère… parce que c'est l'été dans trois jours, et je ne comprends pas bien pourquoi je fais de l'allemand en Norvège alors que je devrais être en train de griller au soleil. Pourquoi tu fais pas un guide sur Tahiti, les Seychelles, les Canaries ? Je me sentirais un peu plus en vacances, je te jure. Je pourrais faire mon allemand sur la plage, ça passerait tout seul… Comme une glace.

Ce discours tira Jonathan de son livre. Elle était gonflée !

– Écoute, ma chérie, on ne va pas revenir là-dessus. Une chose est sûre : si tu avais mieux travaillé…

Oh non, pensa Jonathan, ça va déraper. Pourquoi Olive ne la ferme pas, elle aussi ? À force de vouloir faire diversion, on va s'attirer des ennuis : Chouchen est en train de muter Sardine. On n'a vraiment pas besoin de ça aujourd'hui. Olive a l'air d'oublier que la pension n'est pas loin de nous ouvrir ses portes si on continue comme ça…

Olivia fit machine arrière :

– Et Dad ? Il n'est pas avec toi ?

– Ah, quand même ! Mais qu'est-ce qui vous arrive avec votre père ? On dirait que vous n'avez aucune, mais vraiment aucune envie de le voir ! Vous avez quelque chose contre lui ? Il n'est pas responsable de la grève tout de même ! Je vous signale au passage qu'il n'était pas prévu qu'il nous rejoigne si tôt…

Elle se tut, paraissant hésiter à poursuivre sa tirade. Elle se demandait parfois si elle ne se montrait pas trop exigeante avec eux. Mais non, conclut-elle.

– Christopher et moi, on a toujours joué le jeu avec vous. C'est sûr qu'on ne vous fait pas une vie facile. Mais on ne vous l'a pas imposée, on en a toujours discuté ensemble. Prouvez-moi le contraire !

Aucun doute, La Sardine avait pris le pouvoir.

– Maman, tenta Olivia, il arrive quand ?

– Vous le verrez bien.

Exaspérée, Tiphaine se drapa dans sa dignité et alla s'asseoir sur le canapé. Elle alluma la télévision, histoire d'avoir du bruit. Des échos d'un monde lointain. Ici, au pays du saumon, si ça continuait, elle finirait par devenir chèvre.

Olivia se réfugia dans le coin cuisine. Jonathan s'enfonça un peu plus dans les pages de son livre.

On y apprenait notamment que la barge à queue noire, d'un tempérament peu loquace, se contentait d'émettre des grognements dont seules les intonations permettaient de différencier les sentiments exprimés.

log book

17

20 juin, 21:21:21, après un concombre masqué et un concombre à la crème.

Pas génial, le dîner... Chouchen tirait une tête d'enterrement parce que L'Homme-de-sa-Vie est toujours bloqué en France pour cause de prolongation de grève (négociations en cours, *on sait ce que ça veut dire : les oies sauvages peuvent continuer à voler tranquilles, les avions ne sont pas près de décoller). Jonathan et moi, on est plutôt soulagés, mais on ne peut pas le dire à Chouchen. Alors forcément, elle trouve qu'on n'est « pas-très-pressés-de-revoir-Dad-après-trois-mois-c'est-un-peu-décevant-je-suppose-qu'il-faut-mettre-ça-sur-le-compte-de-l'égocentrisme-des-adolescents ». Elle n'est tout de même pas allée jusqu'à faire des commentaires déplacés sur le menu. Et moi, j'ai eu du bol : Dad n'aurait sûrement pas apprécié le dîner que j'ai dû improviser.*

Jonathan non plus n'a pas eu l'air de remarquer que c'était un menu « une étoile ». Je crois même que ça l'a arrangé, après le chocolat chaud de cet après-midi. Moi aussi, en fait. Sauf que moi, ce n'est pas la glace qui m'a coupé l'appétit. Ce n'est pas non plus le cadavre pris dans la nasse (enfin, pas seulement). C'est surtout... De toute façon je n'avais pas le temps de cuisiner, parce que j'avais prévu une révision complète : shampooing lissant, gel défrisant (j'en ai vraiment marre de mes cheveux frisés !), et masque au concombre.

En me voyant râper du concombre, Jonathan m'a demandé si je préparais des tatamis *! Je veux bien admettre qu'il se fiche de la cuisine, mais de là à confondre le* tzatziki *grec (concombre râpé, ail, yaourt, huile d'olive et menthe) avec les tapis d'arts martiaux, il abuse ! Quand je pense qu'il me fait une scène à chaque fois que j'ai le malheur d'employer un mot à la place d'un autre...*

Pour le tatamis-tzatziki, j'ai préféré ne pas répondre. Seulement, au dîner, quand mon frère a vu arriver sur la table du concombre en rondelles, il m'a regardée avec le même air bancal que La Sardine quand on essaie de la rouler dans la farine.

Suite du menu : petits pois à la Chouchen (= passés directement de la boîte à la casserole, sans oignons ni persil ni beurre ni rien...), et dessert à la Jonathan (= crème de marron en tube versée telle quelle dans les assiettes, sans fromage blanc ni crème fraîche ni rien). Et maintenant rideau sur le dîner. Retour à L'Élan.

On a au moins trois raisons d'être certains qu'il (Olrik) n'est pas rentré. 1) Sa barque n'est pas amarrée à l'endroit habituel. 2) Ses fenêtres sont restées fermées toute la journée alors que d'habitude il n'arrête pas d'aérer. 3) En fin d'après-midi, il passe toujours un long moment dans son petit bout de jardin, et ce soir il n'a pas mis le nez dehors. (Jonathan a surveillé aux jumelles pendant mon tête-à-tête avec le concombre.)

Après le dîner, La Sardine est allée passer son énervement sur son ordinateur qui lui avait soi-disant « perdu » un fichier, et Jonathan a lavé la vaisselle (normal, à chacun son job !). Tout à coup, il a fermé le robinet, regardé au plafond et chuchoté :

– Il faut qu'on aille chez lui.

Ça m'a fait un choc, parce que j'étais en train de penser à... Stal. Puis il a précisé : « Chez Olrik. »

J'ai commencé par le traiter de malade (à voix basse pour ne pas alerter La Sardine), mais il n'a pas mis longtemps à me convaincre. Il a complètement raison, c'est la seule façon d'en apprendre un peu plus sur notre voisin.

On n'a évidemment pas la moindre idée de ce qu'on pourra trouver chez lui... Des traces de bagarre, comme dans la ferme aquacole ? Des croûtes de sang séché entre les rainures de parquet ? Un log book *contenant des aveux complets (qu'on ne pourra même pas repérer vu qu'ils seront écrits en norvégien...) ? On verra bien, ce n'est pas en restant ici qu'on avancera dans notre enquête.*

En principe, on ne devrait pas avoir de problèmes pour pénétrer dans la maison. Jonathan est à peu près sûr qu'Olrik a simplement claqué la porte derrière lui, quand il est parti avec son gros sac. De toute façon, ici, personne ne ferme jamais les portes à clé. Pas étonnant que les Norvégiens soient réputés pour leur sens de l'hospitalité ! D'après La Sardine, il y a même une loi qui autorise à traverser les propriétés privées à pied, à condition de ne pas causer de dégradations et d'éviter de pousser des hurlements (avec nous, ça m'étonnerait...).

Si on avait été plus au sud, on aurait pu attendre qu'il fasse à peu près nuit. Ici, c'est raté ! En tout cas on n'a pas intérêt à sortir avant que La Sardine soit couchée depuis assez longtemps.

L'expédition chez Olrik, c'est un projet de Jonathan.

Mais on est quand même à égalité, parce que je viens d'avoir une idée *(« Pas une* idée, *dirait Jon, une* hypothèse *! »).*

On est tous les deux à peu près convaincus que la mort de Strøm, le « copain » d'Olrik, est un assassinat maquillé en suicide. Mais il y a une autre possibilité à laquelle on n'avait pas pensé : Strøm s'est vraiment *suicidé. Mais c'est L'Élan qui avait versé du nitrite dans la nourriture de ses saumons, pour démolir sa réputation et lui piquer tous ses clients.*

Déjà presque 22:30:00 ! C'est fou le temps que ça prend, d'écrire dans ce log book*...*

La Sardine vient d'aller dans la salle de bains. D'ici dix minutes elle va nous dire qu'il est temps de nous coucher et, pour une fois, on ne va pas négocier du rab. Dans trois quarts d'heure au plus tard La Sardine dormira.

On devrait être chez Olrik vers minuit...

18

La brise avait enfin molli, mais des nuages violacés s'étaient rassemblés en groupes compacts comme s'ils unissaient leurs forces pour étouffer ce soleil indiscipliné qui refusait de se coucher. Olivia voulut y voir une promesse de réussite, mais Jonathan pensa que c'était un mauvais présage. Dans les rougeoiements de la nuit scandinave, les murs de la maison de L'Élan avaient pris la couleur du sang. Les reflets qui tremblaient sur les vitres donnaient l'impression qu'elle respirait. Ou même qu'elle ricanait.

– On ne ferait pas mieux… ? commença-t-il.

Comprenant son frère à demi-mot, Olivia prit une grande inspiration pour calmer sa propre angoisse.

– Pas question, on y va, répondit-elle en accélérant le pas.

Elle décida pourtant que ce serait leur dernière initiative. En vingt-quatre heures elle avait cru Dad mort et vu son premier cadavre. Elle estimait avoir fait le plein d'émotions pour les vacances. Dès que Dad serait là, d'ailleurs, il les ramènerait avec lui sur la terre ferme. Jonathan pouvait toujours râler, être réaliste avait parfois du bon.

– Pourquoi tu marches sur la pointe des pieds ? lui demanda-t-elle lorsqu'ils atteignirent enfin la terrasse en bois, sous l'auvent. Tu me jures qu'il n'est pas là ?

– Juré, murmura-t-il si faiblement qu'elle l'entendit à peine. Tu es vraiment sûre qu'on y va ?

– On n'y va pas, on y est !

– Alors on ouvre la porte ?

– Sauf si tu préfères passer par la cheminée…

Jonathan tendit le bras vers la poignée. Il ne sentit aucune résistance, s'étonna de ne pas entendre de grincement sinistre.

Ils se glissèrent dans la maison, l'un près de l'autre à se toucher. Olivia referma la porte aussi doucement qu'elle le put.

– On n'allume pas, chuchota-t-elle, on y voit assez.

La pièce principale était conçue selon un plan assez semblable à celui du séjour des Cavendish, mais on n'y retrouvait pas la chaude atmosphère dispensée par l'odeur épicée du bois et le rouge profond des canapés.

– Stal a raison, c'est sûrement un célibataire, remarqua-t-elle, tout heureuse d'avoir une raison de prononcer le prénom de son Viking.

Jonathan hocha la tête. Il était en effet difficile d'imaginer une femme s'accommodant de ces murs totalement nus, des sièges de bois inconfortables et d'un coin cuisine réduit à sa plus simple expression. Même Chouchen, qui se contentait de culture et d'eau fraîche, avait semé dans l'appartement de la rue de Paradis une multitude de petits riens chargés de souvenirs qui le rendaient unique. Une bouffée de nostalgie envahit soudain Jonathan, et il aurait juré que sa sœur partageait ce sentiment.

Collés l'un à l'autre, ils examinèrent chaque meuble, chaque siège, chaque mur. Sans rien remarquer d'anormal. Dans un lieu aussi dépouillé, la moindre trace de violence n'aurait pu que sauter aux yeux.

– J'ai entendu un craquement bizarre, chuchota soudain Jonathan.

Olivia s'immobilisa, tendit l'oreille.

– C'est le bois. Les changements de température.

– Tu crois ?

Elle ne répondit pas, pointa du doigt un rayonnage métallique qui surplombait un bureau et sur lequel étaient alignés des dossiers en carton.

– On commence par ça ? suggéra Jonathan.

Olivia hésita un instant puis secoua la tête.

– Plus tard. On fait d'abord le tour de la maison. Si la femme au cocard était sa petite amie, il l'a peut-être tuée dans une chambre.

La scène prit soudain vie dans l'esprit de Jonathan. Il se représenta L'Élan furieux projetant sur le sol une fragile créature, la martelant de coups de pied jusqu'à ce qu'elle n'ait plus la force de le supplier, extirpant de sa poche un couteau acéré…

– Qu'est-ce que tu veux qu'on trouve ? objecta-t-il. Il a sûrement effacé toutes les traces.

– Alors tu peux me dire pourquoi on est ici ? Moi aussi, j'ai la trouille… Mais on ne va pas abandonner maintenant.

Une fois au premier étage, comment s'enfuiraient-ils si L'Élan faisait soudain irruption ? se demanda Jonathan. Ce n'était pas un homme comme les autres, c'était une sorte de créature mi-troll mi-bête dotée d'un flair infaillible, il devait déjà savoir qu'ils étaient là, dans sa maison, il ramait furieusement pour venir les zigouiller…

Olivia prit la main de son frère et se dirigea vers l'escalier. Elle avait l'habitude d'aller au bout de ce qu'elle entreprenait, mais cette nuit elle se serait bien passée de cet amour-propre ridicule. De toute façon ils allaient repartir bredouilles. Dans un quart d'heure ils auraient regagné la maison rouge, et elle convaincrait Jonathan qu'il fallait oublier Olrik, passer à autre chose. Le cadavre dans le filet n'était pas leur problème. Et avaient-ils bien vu ce qu'ils avaient vu ? Ce bras, cette main blanche dans cette eau trouble, après tout… Elle, en tout cas, avait maintenant d'autres chats à fouetter. La seule vraie question était la suivante : comment s'y prendrait-elle pour aller déguster des glaces chaque jour, et seule ?

La première porte sur le palier donnait dans la salle de bains. Olivia jeta un regard inquiet vers la baignoire, constata avec soulagement qu'elle était immaculée. Deux brosses à dents dans un gobelet : deux personnes avaient vécu ici, Olrik et la femme au cocard. Et la disparition de l'une comme de l'autre avait été brutale : assassinat pour l'une, fuite pour l'autre.

Jonathan se sentait de plus en plus oppressé. Il avait l'impression de porter une armure que quelqu'un resserrait autour de lui pour l'étouffer. Il sortit de la salle de bains le premier, entraîna sa sœur vers une des deux autres portes, dont il regarda la poignée comme un objet maléfique.

Olivia entra d'un pas décidé dans la chambre. Rien n'y traînait, le lit était fait avec soin. Elle alla ouvrir la penderie, qui n'était occupée que par une araignée endormie.

– C'est sûrement pas sa chambre, conclut-elle d'une voix sourde. Il doit dormir dans l'autre.

Jonathan avala sa salive. Il connaissait assez sa sœur pour ne se faire aucune illusion. Il allait avoir droit à la visite de la chambre du crime.

Cette chambre-là était bien celle d'Olrik. Un gros pull de laine polaire était jeté sur la chaise, une paire de chaussures masculines dépassait de la grande armoire. Un journal était abandonné au pied du lit. Mais nul indice suspect, rien d'anormal. C'était la chambre d'un homme qui menait une vie simple et qui était parti de façon imprévue.

– Et voilà, Germaine, dit Olivia. On n'a plus qu'à rentrer.

Soudain libéré, Jonathan lui dit à haute voix :

– Pourquoi tu chuchotes ?

Olivia haussa les épaules et tira la porte de l'armoire qui était entrebâillée.

Une forme sombre jaillit d'entre les vêtements, saisit Olivia aux épaules et tenta de la jeter violemment sur le sol.

Olivia trébucha, s'efforça de garder son équilibre, recula comme une femme soûle et s'effondra sur le lit. Jonathan poussa un cri, rentra la tête dans les épaules en fermant les yeux. L'Élan allait achever sa sœur et se tourner vers lui pour lui régler son compte. Il le savait, il l'avait dit qu'il ne fallait pas aller chez Olrik ! Oui, c'était lui qui en avait eu l'idée, mais ensuite il avait senti qu'il fallait abandonner. Maintenant ils allaient mourir. Tous les deux !

Il devait au moins lutter, il ne pouvait pas abandonner sa sœur. Il entrouvrit les yeux, tourna la tête vers le lit, poussa un deuxième petit cri.

Olrik s'était métamorphosé en une femme aux longs cheveux blonds vêtue d'une ample chemise de nuit, déversant un flot de paroles en norvégien sur la pauvre Olivia qui se redressait à grand-peine.

– *Who are you ?* demanda Jonathan en se précipitant vers l'interrupteur pour faire jaillir la lumière. *What are you doing here*[1] ?

Elle tourna vers lui un visage bizarrement maquillé.

La femme au cocard !

---

1. (angl.) Qui êtes-vous ? Que faites-vous ici ?

19

21 juin, 7:08:03, sous la couette avec un thé Sultana Ceylan et des gaufrettes à la framboise...

Jonathan dort comme une souche, et Chouchen, qui se lève toujours aux aurores, n'est pas encore sortie de sa chambre. Elle doit être perturbée par le soleil de minuit. Comme dirait Dad, son horloge biologique est détraquée. D'ailleurs tout est détraqué ici, les morts sont vivants et les élans se transforment en femmes... Même Jon, qui n'est pas à un délire près, a du mal à s'y retrouver.

Je suis allée récupérer le log book, *je me suis préparé une pleine tasse de mon Sultana Ceylan préféré et maintenant j'écris sous ma couette. J'ai entrouvert la fenêtre pour entendre la mer, j'adore ça, c'est comme si elle ne respirait que pour moi. Et aussi pour quelqu'un d'autre, peut-être, s'il est réveillé et si, comme moi, il écoute la mer en pensant à quelqu'un d'autre qui est réveillé(e), comme lui, et qui rêve à quelqu'un qui... Stop !*

Revenons à nos saumons. La femme au cocard et L'Élan. La fausse victime et le faux coupable. Sauf que la victime ressuscitée ne nous a pas convaincus. On est toujours persuadés qu'Olrik est un assassin, on aimerait juste savoir qui il a tué et pourquoi.

C'est ce qu'on espérait découvrir cette nuit en allant fouiller sa maison. On mourait de peur qu'il revienne et nous surprenne chez lui, et à sa place on s'est trouvés nez à nez avec la femme qu'on croyait dans le filet à saumons !

Elle a été aussi effarée que nous. Aussi paniquée, surtout. On s'est tous mis à crier en répétant les mêmes phrases en boucle : qu'est-ce que vous faites là, n'ayez pas peur, on ne vous veut pas de mal, désolé(e)(s) de vous avoir effrayé(e)(s), on va tout vous expliquer, etc. Tout ça avec de grands gestes. Et en anglais, bien sûr, parce qu'elle a vite compris qu'on ne parlait pas le norvégien. (On n'est pas en vacances, ici, on est en stage linguistique, merci Chouchen !)

Puis la femme s'est un peu calmée (nous aussi), et nous a proposé de descendre dans le séjour. Elle nous a offert un verre d'eau et on s'est assis sur les sièges de torture d'Olrik. Ce type n'a aucun sens du confort. Comment est-ce qu'il peut regarder la télévision les fesses juchées sur des chaises de fakir ?

Jon et moi, on n'était pas très à l'aise dans nos baskets. Entrer à plus de minuit dans la maison d'un homme qu'on connaît à peine et monter jusque dans sa chambre... Pas facile à justifier !

Dans ce genre de situation, Jonathan se rappelle brusquement que je suis l'aînée. Bonne en anglais ou non, c'était à moi de me débrouiller. Il a tout de même daigné venir à mon secours quand j'étais en panne de vocabulaire. Mais le problème de langue n'était pas le plus difficile. Il fallait surtout décider en quelques secondes ce qu'on allait dire à cette femme et ce qu'on garderait pour nous.

Pour résumer, voilà ce que je lui ai raconté.

Avant-hier soir, on a vu Olrik partir de chez lui pour sa ferme aquacole. On a guetté son retour parce que Chouchen voulait le remercier de nous avoir prévenus (petite parenthèse sur l'attentat de Dubaï et le coup de fil de Dad), mais on l'a vu s'éloigner vers le nord dans sa barque. Hier, il n'était toujours pas rentré, alors que Chouchen avait rendez-vous avec lui (petit mensonge habile pour expliquer qu'on se soit inquiétés). Comme on se demandait si c'était bien lui qui était parti dans sa barque, on est allés en kayak jusqu'à la ferme. Là, on a aperçu un cadavre qui flottait entre deux eaux, accroché à un filet.

Ce que je ne lui ai pas dit : 1) Qu'on l'avait prise pour la femme d'Olrik et qu'on l'avait crue morte. 2) Qu'Olrik avait reçu un SMS l'accusant d'être un assassin. 3) Qu'on était entrés dans la cabane et qu'on avait allumé l'ordinateur.

– Le cadavre, c'est Olrik ! s'est écriée la femme. Et c'est Bernulf qui l'a tué !

Elle n'a pas fait trop de difficultés pour nous donner à son tour des explications. C'est vrai que j'ai l'art de mettre les gens en confiance, Chouchen dit toujours que je ferais parler un anachorète. (Une personne normale emploierait le mot ermite *; elle, elle préfère* anachorète, *ça lui donne l'occasion de nous expliquer que ça vient du grec et de se lancer dans un cours d'étymologie...)*

La femme blonde s'appelle Elfi, et son histoire n'est pas très gaie... Elle est mariée avec Bernulf, le jeune frère d'Olrik, un type violent qui la bat. Après une sacrée volée (d'où le cocard), elle s'est enfuie pour se réfugier chez Olrik, chez qui Bernulf ne va jamais parce que les deux frères sont fâchés.

Avant-hier soir, Olrik a reçu un coup de téléphone (celui de Chouchen), a dit à Elfi qu'il avait un message à porter à des voisins (nous), puis il est revenu en coup de vent pour lui annoncer qu'il devait faire un saut à la ferme aquacole. Il ne lui a pas expliqué pourquoi mais elle a remarqué qu'il était blanc comme un navet. Depuis, il n'est pas revenu. (Elfi n'a pas parlé du gros sac, mais on suppose qu'elle ne l'a pas vu puisqu'elle passe son temps terrée dans la petite chambre.)

Elle pense que les deux frères se sont donné rendez-vous à la ferme, qu'ils se sont disputés et que ça a mal tourné : Bernulf a assommé Olrik et jeté le corps à la mer.

Quand je lui ai rappelé qu'on (c'est-à-dire Jonathan) avait vu Olrik quitter la ferme en barque, elle a été obligée d'admettre qu'il ne pouvait pas être au fond de l'eau. Elle en a conclu que c'était Bernulf qui était mort. Olrik l'aurait tué par accident.

Jonathan et moi, on ne croit pas du tout à cette hypothèse. S'il avait tué uniquement pour se défendre, Olrik ne se serait pas enfui sans même prévenir Elfi. Et pourquoi est-ce que Bernulf aurait donné rendez-vous à son frère à la ferme aquacole ? Il n'avait qu'à venir chercher Elfi là où elle se trouvait, quitte à assommer Olrik pour la récupérer.

Mais c'est normal qu'Elfi préfère croire qu'Olrik a tué son mari : ça signifie que Bernulf ne pourra plus la battre. Depuis la disparition d'Olrik, elle est morte d'inquiétude. Olrik lui a recommandé de ne pas fermer la porte d'entrée à clé quand il s'absente, pour le cas où Bernulf débarquerait. S'il trouvait la porte verrouillée, il comprendrait tout de suite qu'Olrik a quelque chose à cacher. Quelqu'un, *plutôt... Inutile de dire qu'Elfi a eu la frousse en nous entendant entrer dans la maison. Elle n'a eu que le temps de se lever, de faire son lit en moins de deux et d'aller se tapir dans la grande armoire...*

En tout cas, Jonathan et moi, ça nous étonnerait que le mort du filet soit Bernulf. On est toujours persuadés que c'est la personne qui a envoyé le SMS, quelqu'un qui a menacé Olrik de le dénoncer pour avoir « suicidé » Strøm. Olrik l'a tué pour l'empêcher de parler, puis il a pris la fuite.

Mais cette nuit il est revenu...

Ça s'est passé pendant qu'on discutait avec Elfi.

Stop. J'entends Chouchen...

20

– *Olrik is not a murderer*[1], répéta Elfi pour la énième fois.

Olivia et Jonathan restèrent muets. Ils éprouvaient tous deux le même sentiment, celui d'avoir été projetés dans un décor surréaliste où se jouait une pièce d'avant-garde mettant en scène des personnages qui ne parvenaient pas à communiquer. Ils avaient rencontré un éleveur de saumons à la mine brutale, l'avaient vu charrier un gros sac jusqu'à l'endroit où se trouvait maintenant un cadavre, et cet homme inquiétant avait pris la fuite. Elfi leur parlait d'une espèce d'ours brun aussi pacifique que Bernulf était violent, qui l'avait recueillie et avait risqué sa vie pour la protéger.

1. (angl.) Olrik n'est pas un meurtrier.

Olivia avait presque envie de la croire, et Jonathan était de plus en plus fasciné par cette sirène aux yeux si clairs. Mais il y avait le suicide de Strøm. Et il y avait le SMS.

– Il faut qu'on vous dise autre chose, commença Jonathan en jetant un regard hésitant vers sa sœur. Quand Helgelund est venu nous rassurer au sujet de notre père…

Olivia le foudroya du regard. Elle comprenait suffisamment bien l'anglais pour avoir deviné qu'il allait parler du SMS. Il n'en était pas question. Si le cadavre n'était pas celui de Bernulf, c'était *leur* cadavre et non celui d'Elfi. Ils seraient dans de beaux draps si elle décidait tout à coup qu'il valait mieux tout dire à la police !

– On a eu l'impression… qu'il avait des soucis, bafouilla Jonathan.

Elfi le dévisageait, attendant la suite. Sous le double feu du regard noir de sa sœur et du regard transparent de la Norvégienne, il se sentit perdre pied. Il fallait à tout prix qu'il trouve un truc pour s'en sortir…

Il n'en eut pas besoin. Soudain, ni Elfi ni Olivia ne le regardèrent plus.

Des pas approchaient dans le jardin, montaient les deux marches de la terrasse, faisaient craquer les lattes de bois. Les pas lourds d'un homme déterminé.

Elfi esquissa un mouvement pour se lever et s'enfuir à l'étage, mais Olivia leva la main pour l'en empêcher. S'étonnant elle-même de son sang-froid, elle décida en un éclair qu'il valait mieux jouer sur l'effet de surprise. S'il entendait des pas précipités, l'homme se préparerait à l'attaque. Pénétrant dans une maison silencieuse, il ne s'attendrait pas à se trouver face à trois personnes. Ils auraient alors une ou deux secondes pour agir. De quelle façon ? Olivia parcourut la pièce du regard sans repérer le moindre objet pouvant leur permettre de se défendre. Le coin cuisine était trop éloigné pour qu'ils aient le temps d'y courir et de fouiller dans les tiroirs à la recherche d'un couteau. Soudain prise d'une inspiration, elle se leva sans bruit et, lançant aux deux autres un regard d'avertissement, empoigna le dossier de sa chaise et la souleva légèrement. Elfi et Jonathan comprirent son idée, l'imitèrent.

L'homme s'était arrêté, sans doute à l'affût d'une présence à l'intérieur de la maison.

Cette scène devient de plus en plus *sidérifiante*, se dit Jonathan. De quoi on a l'air tous les trois, chacun agrippé à sa chaise, les yeux exorbités ?

Un grincement déchira le silence. Jonathan sursauta, Elfi étouffa un gémissement, Olivia renforça sa prise sur le dossier. Ils avaient les yeux fixés sur le loquet, persuadés qu'il commençait à tourner. Sur quelle vision effrayante la porte allait-elle s'ouvrir ?

Le même petit crissement se répéta, comme si quelqu'un s'amusait à faire grincer les pointes d'une fourchette dans une assiette. Il doit avoir une mâchoire métallique, c'est un robot envoyé par des extraterrestres malintentionnés, songea Jonathan. C'est juste un volet qui couine, se dit Olivia avant de réaliser que la maison d'Olrik n'avait pas davantage de volets que la leur. Bernulf enlève la sécurité de son revolver, pensa Elfi, ressuscitant ainsi brutalement un mort.

Le grincement cessa, ils entendirent une petite toux, puis les pas s'éloignèrent.

Trois soupirs de soulagement se répondirent, les muscles se relâchèrent, la maison elle-même sembla reprendre son souffle.

Jonathan fut le premier à réagir. Il courut à la fenêtre la plus proche de l'entrée, mais il était déjà trop tard. Il ne put voir qu'une silhouette sombre disparaissant entre deux sapins. Une silhouette d'homme, sans aucun doute, massive et un peu lourde. Il reconnut les bras de manchot empereur, les grosses mains, le large crâne… Quoique, à cette distance et dans la lumière crépusculaire, on ne pouvait pas être certain. En tout cas c'était un homme, pas un robot.

– C'est Olrik ! annonça-t-il aux deux autres qui étaient venues le rejoindre.

Olivia haussa les épaules.

– Si c'était lui, il serait entré, non ?

Dans son anglais chantant, Elfi précisa :

– Il ne tousse pas comme ça.

Elle semblait être en train de se demander si elle était veuve ou mariée à un assassin.

– Olrik ou pas, reprit Olivia à l'adresse de Jonathan, cet homme n'est pas venu pour nous, il avait une autre raison. Viens, on va voir !

– Ne sortez pas, supplia Elfi qui avait compris son intention. Si on vous voit, on saura qu'il y a quelqu'un ici, Bernulf peut l'apprendre.

Je croyais qu'Olrik l'avait tué ! faillit répliquer Olivia. Mais elle ne voulait pas heurter Elfi. D'ailleurs elle était fatiguée de parler anglais, elle avait hâte de quitter cette maison sinistre, elle tombait de sommeil.

– C'est incompréhensible, dit-elle à Jonathan lorsqu'ils finirent par sortir. Pourquoi être revenu chez lui si c'était pour rester dehors ? Il pouvait au moins rassurer sa belle-sœur ! Qu'est-ce qu'il pouvait bien avoir à faire dans le jardin ?

– Arrête de parler tout le temps, la supplia Jonathan. Comment veux-tu que je réfléchisse ?

Des trolls invisibles devaient jouer avec ses nerfs. Il se sentait à bout de résistance. Était-ce cette nuit perpétuelle qui rendait fou ? Ce cauchemar ne se terminerait-il que lorsque le soleil se coucherait enfin ? Il leva les yeux vers le ciel, espérant un improbable miracle.

Alors il comprit soudain pourquoi on était venu tout à l'heure : le drapeau gisait mollement au pied du mât !

– Le drapeau, Olivia ! Il est venu le baisser pour que personne ne s'inquiète de le voir tout le temps hissé, même la nuit !

C'était donc pour cela que L'Élan était venu. Pour éviter que quelqu'un ne l'imagine malade ou blessé, immobilisé chez lui, sans secours.

– Jon, tu es un génie ! s'exclama Olivia. Tout s'explique ! À Mørden, tout le monde connaît tout le monde, on doit bien savoir qu'Olrik n'avait pas l'intention de partir en voyage. Si on découvrait qu'il a disparu, on irait trouver la police, elle se mettrait à sa recherche…

– C'est donc bien lui l'assassin…

– Oui, mais on ne sait toujours pas qui il a tué !

Jonathan montra du doigt le visage d'Elfi qui apparaissait derrière une des fenêtres du séjour.

– Elle croit le savoir, elle…

21

21 juin, la nuit a été courte, le pygargue me hante.

Corpulent, de grande taille, une silhouette massive…

Il est venu de la côte dans son habit brun foncé. Difficile de dire si c'était une femelle ou un mâle, mais c'était un adulte : les plumes de sa queue étaient d'un blanc éclatant. Ailes tendues, presque étirées, il avançait vite, malgré un vol lourd, de faibles battements et cette impression qu'il donnait de planer, utilisant les courants d'air comme une glissière. Je le voyais venir de loin. Le ciel était vide de tout autre oiseau, dégagé de tout nuage, irisé des teintes roses, mauves, bleues et très légèrement vert d'eau d'un soleil déclinant. L'océan était tendu tout autour de la Terre, comme une plaque de zinc fixée sur une multitude de pieux, avant de redevenir liquide tout près de la ferme d'Olrik.

Là, tout dansait. Des millions de vaguelettes explosaient les unes derrière les autres. Les saumons dressaient leur gueule grande ouverte hors de l'eau en sautillant sur place, réclamant autre chose à manger, indifférents au pygargue en approche qui, pourtant, pouvait les dévorer. Pour l'aigle décidé, les proies du jour n'étaient pas des poissons, c'étaient nous. La morte et moi.

J'avais voulu dégager du filet le corps de la femme, et sa main blanche m'avait effrayé. J'avais paniqué et tenté de remettre son bras à l'intérieur du canot crevé. J'avais fini par me coincer les pieds dans la nasse, juste au-dessus du cadavre. Comme les saumons, j'avais la tête hors de l'eau. À peine.

Le cri du pygargue, une sorte de kli-kli-kli métallique, attira mon attention. Je distinguais sa masse venant vers moi à bonne allure. Je pris mon souffle, m'immergeai pour tenter de dégager mes jambes. Et là, j'ai hurlé. La morte avait la tête d'Olive ! C'était Olive, là-dessous, et le filet ressemblait à un poulpe géant !

J'ai refait surface. L'aigle était déjà sur moi, je voyais son bec jaune, du même jaune que le bonnet d'Olrik.

Il a fait un premier passage, un peu à distance, puis

est monté en cercles successifs, comme s'il préparait une attaque en piqué. Je me suis de nouveau recroquevillé contre le filet, me débrouillant pour ne pas regarder Olive, et j'ai tenté de tirer sur une de mes jambes de toutes mes forces, jusqu'à avoir les poumons en feu.

En émergeant à la surface, j'ai vu le pygargue foncer sur moi. Une gerbe colorée a explosé dans son iris noir : c'était la façade du Grand Hyatt qui volait en éclats.

Je me suis réveillé. Il m'a fallu cinq bonnes minutes pour reconnaître les parois de la chambre, comprendre que je ne m'étais pas noyé et qu'il y avait de grandes chances pour qu'Olive dorme tranquillement à côté. Me dégageant de la couette dans laquelle je m'étais entortillé, avec la vague sensation de libérer enfin mes deux jambes du filet à saumons, j'ai dû masser mon mollet droit tout en appuyant mes orteils sur le plancher pour en finir avec cette crampe. Une crampe ! Comme lorsque je reste trop longtemps sans faire de sport. Je vais m'y remettre. J'irai courir. Dès ce matin. Enfin, je vais voir, ça dépendra...

Je suis allé à la fenêtre pour voir la lumière du matin, quand le ciel retrouve un orange calme, l'orange clair d'une journée normale, dans une vie tranquille, un pays comme les autres, un monde connu. Et j'ai cru que j'allais voir voler L'Élan devant la vitre. Olive, dis-moi que c'est ce que tu nous as donné à manger hier soir que je ne digère pas. STP, dis-le-moi. Parce que, quand je pense à tout ce qui s'est passé depuis deux jours, je serais presque prêt à paniquer. Si tu vois ce que je veux dire...

Je ne vois pas comment parler des choses autrement : le cauchemar continue.

Je ne vais pas tenir. J'ai besoin de sommeil, moi. J'ai horreur de me lever tôt, moi. Quelle nuit ! Quel réveil ! Je peux dormir n'importe où, m'endormir n'importe quand, mais faut pas exagérer. Depuis qu'on est arrivés dans ce pays perdu, je commence chaque journée avec un handicap. Je me sens comme un lévrier greyhound, obligé de courir en rond pour gagner la course, pour remporter une victoire qui ne servira à rien puisqu'il faudra recommencer. Encore et encore.

Je viens de relire ce que tu as écrit, Olive, pendant que tu es en train de préparer le petit déj' de Chouchen, et j'ai repensé à ce qui s'est passé cette nuit. J'ai repensé à Elfi. À son mari, Bernulf, et à Olrik, bien sûr. C'est quoi, les points communs ?

Elfi et Bernulf sont mariés. Bernulf et Olrik sont frères. Olrik et Strøm étaient collègues et concurrents. On peut voir d'autres points communs : Bernulf bat

Elfi, et Olrik protège Elfi ; Olrik tue Strøm... Y aurait-il un lien entre Strøm et Elfi ?

Si on trouve un point commun entre les quatre, quelque chose que partagent Elfi, Bernulf, Olrik et Strøm... ou quelque chose qui les divise, on aura tout compris. Il faudrait retourner voir Elfi. Alors on saura où est passé Olrik, on pourra tout raconter à la police parce qu'on aura des preuves. Des preuves irréfutables.

Il faudrait aussi chercher du côté des labos, de ce vétérinaire qui a trouvé du nitrite en trop grande quantité dans les saumons de Strøm...

La chasse aux preuves, c'est encore le meilleur moyen pour sortir de ce cauchemar. Vivants. Si tu vois ce que je veux dire...

Quand les temps sont durs, le pygargue à queue blanche, d'habitude amateur de gibier d'eau et friand de poissons, ne dédaigne pas les cadavres.

log book

22

21 juin, 12:23:18, négociations réussies, Chouchen va mettre la main à la pâte.

Les négociations ont abouti de tous les côtés à la fois.

Pour la grève, d'abord. Dad vient d'appeler Chouchen : il sera là demain ! Depuis qu'il a téléphoné la bonne nouvelle, Chouchen s'est réconciliée avec son ordinateur et ne pense plus à mes devoirs d'allemand, et Jonathan râle un peu moins à cause du froid. C'est l'effet-miracle de Fuseau-horaire.

Chouchen est restée à la maison toute la matinée. On dirait que ma réflexion d'hier sur son rendez-vous numéro sept et sa vingt-troisième visite a marché ! Et puis elle comptait essayer de ranger sa chambre et faire vaguement du repassage, sans doute en prévision de demain. À chacune son Viking !

On a profité de la séance de repassage pour attaquer.

J'ai commencé par demander à Chouchen si elle avait déjà écrit son chapitre sur l'élevage des saumons. Je devinais à peu près ce qu'elle allait me répondre, et ça n'a pas raté :

– Je croyais l'avoir rédigé, mais je n'ai pas retrouvé le fichier. Le problème, c'est que je ne sais plus quel nom je lui ai donné.

Quand je lui ai proposé de l'aider à le chercher, elle s'est énervée :

– Surtout pas ! Pour que tu effaces la moitié de mon travail...

Là, Jonathan a couru à la fenêtre et levé le nez comme si l'aigle de Bodø venait de surgir dans le ciel. Heureusement, Chouchen n'a pas remarqué qu'il avait les épaules secouées par un fou rire. Moi, effacer des fichiers par erreur ? J'hallucine ! C'est elle *qui n'arrête pas de se mélanger les pinceaux dans ses icones. Le pire, c'est qu'elle ne le fait pas qu'avec son ordinateur. Un jour, à Paris, elle a mis un saladier plein d'arêtes dans le réfrigérateur et la moitié d'un thon dans le vide-ordures. Sans compter le jour où j'ai trouvé une tranche de jambon dans le tambour de la machine à laver...*

J'ai préféré faire celle qui n'avait pas entendu (ce n'était pas le moment de l'énerver) et j'ai enchaîné :

– Jonathan et moi, on a entendu une anecdote incroyable. Un suicide mystérieux qui est probablement un meurtre... Un éleveur de saumons de Mørden... Olrik Helgelund ne t'en a pas parlé ?

Elle m'a regardée la bouche grande ouverte en oubliant le fer sur son peignoir préféré, une espèce de sari bleu turquoise que Dad lui a rapporté de Birmanie. J'ai tout de suite vu à sa tête que c'était gagné ! Je me suis tout de même précipitée pour retirer le fer, parce que le sari carbonisé aurait risqué de compromettre la négociation.

Entre-temps Jonathan s'était calmé. Il s'est lancé dans le récit du suicide, et je dois dire qu'il a fait très fort. À l'entendre, tout le monde sait qu'il s'agit d'un assassinat, la police de Bodø est sur les dents et les associations écologistes ont l'intention de lancer une campagne nationale, voire d'alerter Greenpeace. Non seulement les saumons de Strøm ont avalé du nitrite, mais ils auraient subi une modification génétique destinée à les faire grossir quatre fois plus vite que la normale.

Chouchen est allée s'effondrer dans un des canapés. Elle ne pensait plus du tout au repassage ! (D'ailleurs elle n'y pense pas non plus quand elle a le fer à la main.)

C'est là que je suis intervenue.

– Il paraît que cette affaire a pourri l'atmosphère,

et que si le mystère n'est pas élucidé rapidement, les éleveurs vont se retrouver au chômage parce que personne ne voudra plus des saumons provenant de Mørden. C'est très grave, maman !

Elle semblait tout à fait convaincue. Pour enfoncer le clou, je lui ai rappelé que son éditeur lui réclamait plus d'anecdotes. Il lui reproche d'être un peu trop culture *et pas assez* people. *C'est sûr que Chouchen et les paillettes, c'est comme Jon et les chiffres ou moi et les langues. Sauf, bien sûr, si les paillettes sont tachées de sang et qu'elles ont été trouvées dans une chambre fermée de l'intérieur dont personne ne possède la clé...*

Elle a quand même eu un doute :

– Tu crois que le saumon transgénique est assez people *?*

J'ai répondu que c'était ce qui se faisait de plus people *à l'heure actuelle.*

– Mais comment est-ce que je vais m'y prendre pour l'interviewer ?

– Qui ça ? a demandé Jonathan en retournant guetter l'aigle de Bodø. Le saumon, ou le suicidé ?

En fait, le problème de Chouchen, c'était qu'elle ne savait pas qui interviewer à ce sujet. Et là, j'avais la réponse.

– Tu n'as qu'à rencontrer le vétérinaire qui a trouvé

le nitrite ! Il s'appelle Illen, ça ne doit pas être très difficile de trouver son numéro de téléphone.

– Je pourrais le demander à Helgelund, a suggéré Chouchen.

Ça commençait à sentir le roussi...

– Ou alors on appelle Stal, a proposé Jonathan en se retournant vers moi avec son sourire à la Jaws[1].

– Qui ça ? a demandé Chouchen.

J'ai trouvé un autre plan.

– J'ai repéré un vieil annuaire au milieu des bouquins de Mme Andersen ! Illen y est sûrement !

En moins d'une minute, j'ai trouvé l'adresse et le numéro de téléphone du vétérinaire. Ensuite, les choses ont traîné parce que Chouchen ne se rappelait plus quels numéros elle devait composer pour appeler un numéro norvégien depuis un portable français se trouvant en Norvège.

Illen a décroché à la deuxième sonnerie. On a tout entendu parce que Chouchen s'était mise sur haut-parleur. Elle s'est débrouillée comme un chef. (Inutile de demander de qui je tiens mon don pour baratiner les gens !) Elle a expliqué qu'elle était journaliste et qu'elle

---

1. *Jaws* (mâchoire, en anglais) est le titre original du film de Steven Spielberg *Les Dents de la mer* (1975).

menait une enquête sur les saumons d'élevage. Olrik Helgelund, qu'elle avait interviewé, lui avait suggéré de le rencontrer (lui, le vétérinaire), car il aurait sans aucun doute un certain nombre d'informations importantes à lui communiquer. Chouchen est peut-être pénible avec sa manie des langues, mais il faut reconnaître qu'elle parle plutôt bien ! En tout cas le vétérinaire s'est laissé convaincre et il a été d'une amabilité incroyable. Ou alors c'est la voix de Chouchen qui lui a plu ? Elle a une très jolie voix, surtout au téléphone.

Bref, elle va rencontrer Illen aujourd'hui même à quinze heures. Dommage qu'on ne puisse pas l'accompagner, ça paraîtrait trop bizarre...

La nuit dernière, je m'étais promis d'oublier Olrik, mais tout compte fait je vais attendre que Chouchen soit revenue de son rendez-vous. Peut-être qu'elle va nous rapporter la clé du mystère ?

23

L'homme était aimable. C'était ce qui venait tout de suite à l'esprit quand on l'avait au téléphone. Lorsqu'on le rencontrait, ce qui frappait d'abord, c'était son côté costaud : taillé comme un déménageur, avec de grands bras telles des ailes de moulin, et surtout des mains capables de broyer le blé comme une meule. Perdus au fond de leurs orbites, ses petits yeux lui donnaient un air de poisson-lune. Un poisson-lune au teint de farine. Est-ce que ça se mangeait, ce genre de bestiole ? Tiphaine se promit de demander à Olivia.

À Bodø, Illen occupait un bureau dans un immeuble des années cinquante, à proximité du port. À sa grande surprise, Tiphaine avait trouvé facilement, ne s'était pas trompée, n'était arrivée que très légèrement en retard – moins de dix minutes.

Elle prit avec hésitation la main franchement tendue par l'armoire à glace qui se tenait sur le seuil des

Laboratoires Illen. Allait-elle la récupérer en un seul morceau ?

Le vétérinaire ne broya pas les phalanges de sa visiteuse, se contentant de lui prendre la main et de la relâcher avec un grand sourire sympathique. Il aurait pu tourner dans une publicité pour dentifrice. Il fit la surprise à Tiphaine de s'adresser à elle directement en français pour l'inviter à entrer. Il lui indiqua un fauteuil de cuir près d'une table basse, et s'installa dans un autre. Son sourire semblait vissé sur son visage pour l'éternité. Il attendait peut-être qu'elle parle la première.

Elle commença en anglais, il lui répondit en français, précisant qu'il avait épousé une Savoyarde, rencontrée lors des Jeux olympiques d'hiver d'Albertville, en 1992. À vingt-six ans, c'était sa première et dernière participation aux Jeux – pour cause d'études –, où il représentait la Norvège dans les épreuves de combiné nordique. Carole portait les couleurs françaises en ski alpin. Ils s'étaient rencontrés au village olympique, étaient tombés amoureux, il l'avait « enlevée, comme font tous les romantiques ». Tous deux filaient le parfait amour à Bodø depuis plus de vingt ans. Leurs grands enfants étaient à l'Université, le garçon à Oslo et la fille à Tromsø, la « capitale des aurores boréales ». Le sourire d'Illen était communicatif et son histoire fort belle. Pour un peu, si elle n'avait pas eu autre chose en tête, Tiphaine en aurait eu la larme à l'œil.

Cet homme était vraiment charmant. Il répondait aux questions de Tiphaine avec empressement. En peu de temps, elle eut le sentiment d'en savoir presque autant qu'un professionnel sur les poux du saumon, les mutations génétiques, les limites et les dangers des élevages industriels, l'abus de nitrite dans l'alimentation du saumon d'élevage, ou les deux cent quarante rivières où un parasite meurtrier menaçait le saumon sauvage. Le vétérinaire, en plus de bien connaître ses dossiers, était un passionné. Recevoir une Française dans son bureau l'incitait à partager cette passion :

– La France est ma seconde patrie depuis longtemps maintenant, vous savez ? Nous retournons à Albertville aussi souvent que nous pouvons. Pas tous les ans, mais bon… D'ailleurs, les Français nous aiment beaucoup, vous savez ?

– Non, je l'ignorais, répondit Tiphaine en se demandant si c'était vraiment une question.

– Mais vous savez que votre pays est le premier client de notre pays. Pour le saumon. Oui ?

– Bien sûr. Nous adorons le saumon. Le bon saumon.

– Ah oui. Mais ici, chez nous, tous les saumons sont bons. Les élevages sont très professionnels, vous savez ? Tout est surveillé alors. Parfois des poissons s'échappent des fermes, ça, c'est embêteux…

– *Tant.* Embêtant, ne put s'empêcher de corriger Tiphaine.

– Oui, oui.

Elle l'écoutait d'une oreille distraite. Elle regrettait de ne pas avoir mené l'entretien en anglais. Il parlait le français correctement mais assez lentement, alors qu'en anglais tous deux étaient très à l'aise. Mais comment faire pour ne pas le vexer ? Il mettait un point d'honneur à parler la langue de sa visiteuse. Toujours souriant, toujours charmant. Tant pis, elle continuerait en français. De toute façon, elle n'avait plus beaucoup de questions à lui poser. Il fallait tout de même qu'elle le fasse parler du suicide de cet éleveur…

– Il paraît qu'un éleveur de saumons de Mørden s'est suicidé récemment… Des contrôles sanitaires lors de prélèvements sur sa ferme auraient été particulièrement désastreux. C'est bien ça ?

– Ah bah oui mais non.

Elle le regarda, un peu surprise. Ce Viking-là lui faisait une réponse de Normand.

– Qu'est-ce que vous voulez dire ?

– Dans un suicide, on ne peut jamais dire les raisons, vous savez ? Vous parlez bien de Thormod Strøm, oui ?

– Je crois bien que c'est son nom.

– Oui. Il a eu des analyses mauvaises. Trop de nitrite. Mais il était un homme déjà dépressif avant. Dans Mørden, Strøm était connu pour sa grande tristesse.

– C'était bien un ami d'Olrik Helgelund ?

– Ami… Tout le monde se connaît depuis l'enfance à Mørden.

– J'ai entendu dire que la situation des éleveurs était préoccupante. Que le saumon des fermes de Mørden pourrait moins se vendre… Que les éleveurs pourraient connaître une grave crise. Certains pourraient licencier…

Illen la regarda comme s'il s'interrogeait à propos de cette Française trop curieuse. Il avait toujours le même sourire aimable, mais Tiphaine sentait qu'elle l'agaçait un peu. C'était compréhensible. Un étranger qui parlerait à un Breton des élevages intensifs de porcs serait assez mal vu, lui aussi. Elle manquait de diplomatie : cet homme était tout ce qu'il y a de gentil, faisait l'effort de parler sa langue, et elle le questionnait sur des sujets désagréables… Olivia était décidément impossible.

– Non, répondit Illen, la demande internationale est trop forte. Pour la Norvège, le saumon est comme le pétrole. Un gisement précieux, vous savez ? Les Norvégiens sont sérieux. Ils font attention à la ressource du pays. Les saumons se vendront toujours. Surtout qu'il n'y aura plus de problèmes, bientôt.

– Ah…

– Oui, oui. Ce serait long à expliquer…

Il s'interrompit pour poursuivre la conversation en anglais, comprenant que c'était mieux pour eux deux. Il précisa que les règlements concernant l'élevage avaient été renforcés, et que des techniques seraient bientôt au point pour combattre le parasite des saumons de rivière. Le marché du saumon était devenu très professionnel. Les grossistes demandaient eux aussi des analyses aux laboratoires avant d'acheter les saumons aux éleveurs. À Mørden, Bernulf Helgelund était le principal grossiste. Oui, le frère d'Olrik. Oui, il achetait les poissons d'Olrik et ceux de Strøm. Oui, il y avait eu de sombres histoires entre les trois hommes. Ils étaient tous plus ou moins fâchés. Bien sûr, les saumons de Strøm avaient été interdits à la vente après les analyses. Non, Bernulf n'avait pas pu les lui acheter, évidemment. Mais il n'y avait pas que cela…

En fait, Tiphaine n'avait pas posé beaucoup de questions. À partir du moment où la conversation avait repris en anglais, le vétérinaire avait donné toutes les explications qu'elle aurait pu lui demander. Son sourire éclairait toujours sa face de poisson-lune. Tiphaine se félicitait du tour pris par l'entretien. Cet homme était vraiment gentil. Si tous ceux qu'elle rencontrait pour ses livres étaient comme lui, son travail serait bien agréable.

Elle souriait à son tour, ravie. Elle cessa de rêvasser lorsque Illen lui dit, de nouveau en français :

– Excusez-moi, madame Cavendish, on me demande là-bas.

Il lui montra la cloison vitrée derrière laquelle une secrétaire lui faisait signe de sortir.

– Je n'en ai pas pour longtemps, reprit-il. Je reviens. Si vous voulez bien attendre une minute, oui ?

– Bien sûr, je vous en prie…

Illen rejoignit la jeune femme. Tiphaine leur accorda un regard distrait, souriant à cette idée de voir un poisson-lune discuter avec une sorte d'hippocampe roux. Ils étaient tous deux de profil, comme des ombres chinoises. La secrétaire aux cheveux carotte ne remuait que les lèvres, paraissant tenir un véritable discours à son patron. Tiphaine détourna les yeux.

Le bureau d'Illen était vaste et confortable. Un grand plateau de verre recouvrait le bois de la table de travail, sur laquelle le vétérinaire avait disposé peu d'objets. C'était impeccablement rangé, avec un petit côté glaçant, le genre de décor qui impressionnait Tiphaine. Il n'y avait même pas de téléphone sur la table. Illen devait ranger son téléphone portable dans l'un des tiroirs, et c'était l'hippocampe qui jouait à la standardiste.

Tiphaine se retourna. L'hippocampe remuait toujours les lèvres, le poisson-lune hochait la tête. Cela commençait à être long. Elle aurait dû partir au moment où il avait été appelé. Si elle avait oublié quelque chose, il suffisait de lui téléphoner, il trouverait bien quelques minutes à lui accorder.

Et si elle en profitait pour passer elle-même un coup de fil ? Si elle réussissait à joindre Olrik Helgelund, elle était sûre de le faire parler. Il lui donnerait son propre son de cloche sur le marché en gros. Après tout, avec Bernulf, il était aux premières loges.

Tiphaine prit son portable et composa le numéro d'Olrik.

log book

24

21 juin, 13°4, temps variable, hurlements des mouettes, des plongeons arctiques et des guillemots de Troïl, mon moral tombe comme plonge un fou de Bassan.

Chouchen est rentrée cet après-midi de son rendez-vous avec le vétérinaire de Bodø. Double-Fond a aussitôt atterri sur le comptoir. Olive s'est précipitée en même temps que moi sur le sac pile poil au moment où il allait s'écrouler pour la je-ne-sais-combientième-fois. On s'est cogné la tête, mais Chouchen n'a rien vu, occupée à rechercher le paquet de café dans le frigidaire, café rangé depuis le premier jour sur une étagère au-dessus de l'évier, dans une boîte marquée kaffe.

Olive s'est énervée : dans la cuisine, La Sardine est une intruse qui sème un bazar noir. Je suis d'accord, il faut éloigner notre mère de cette pièce, quelle que soit la maison, quel que soit le pays. Chouchen est du genre à laisser une omelette se débrouiller seule au fond de sa poêle. Elle bat les œufs à toute vitesse (bonjour les éclaboussures ! du jaune partout), vide son bol dans la poêle, part étendre du linge, répondre à un e-mail, ou discuter avec Dad s'il est là. Ensuite, selon notre courage et l'humeur du moment, on se risque à goûter cette galette noire et sèche du bout des dents, ou bien Olivia enfile le tablier...

Olive a donc pris les choses en main : le café et le debriefing.

– Alors ? a-t-elle simplement dit en enclenchant la cafetière.

– C'est un homme gentil. Charmant. Il a répondu à toutes mes questions et a même fait l'effort de parler le français. Figurez-vous que...

Nous avons soupiré, Olive et moi, à croire qu'aujourd'hui on est jumeaux. Chouchen était partie pour nous parler de tout sauf de ce qui nous intéressait. Après l'avoir écoutée nous présenter la famille franco-norvégienne d'Illen, on l'a interrompue avant qu'elle ne se lance dans une histoire des Jeux olympiques d'hiver. À ce moment-là, passant du coq à l'âne, elle nous a questionné sur le poisson-lune : Est-ce que je savais s'il était du genre sociable ? Dans quelle partie du globe vivait-il ? Est-ce qu'Olivia savait si ce poisson à face plate était comestible, chez les Japonais, par exemple ?

– Vous avez parlé de poisson-lune ! s'est exclamée Olive. Mais pourquoi ? Maman, ne me dis pas qu'on élève des poissons-lunes à Bodø !

– Non, non... c'était juste une idée en passant.

J'avoue que j'ai eu envie de rire : la môle ou poisson-lune vit dans les mers chaudes et surtout pas dans les fjords. J'ai voulu étaler ma science, mais Olive a repris :

– Qu'est-ce que le véto t'a dit ? Sur Strøm ? Sur Olrik ? Sur Bernulf ?

Ça faisait un moment que la cafetière avait terminé sa symphonie pour tuyaux vides. Olivia a fini par servir une tasse à Chouchen, qui a pris tout son temps pour boire avant de répondre :

– Pas grand-chose.

Son œil s'est perdu dans la tasse vide, et on a assisté en direct à un de ses fameux décollages pour le pays des rêves.

Je me suis demandé ce qu'elle avait en tête. Elle nous souriait comme quelqu'un qui est amoureux. Ce n'était pas le moment de penser à Dad ! Comme un moineau qui sautille de miette en miette dans un jardin public, elle a reposé sa tasse, s'est levée et nous a enfin raconté en quelques mots tout ce qu'elle savait. Y compris que le gyrodactylus salaris *détruit les saumons sauvages dans les rivières de Norvège.*

Olive et moi, on était sur le canapé, espérant vaguement qu'elle reviendrait s'asseoir. C'était râpé. Traversant la pièce en tous sens, soulevant un livre ici, déplaçant un vase là, elle a pris ensuite Double-Fond et s'est mise à farfouiller à l'intérieur. Soudain elle s'est arrêtée, a eu l'air de rechercher un fichier sur son disque dur mental, et nous a enfin donné le seul truc intéressant de son rendez-vous : Bernulf est grossiste et achète les saumons des deux autres.

On cherchait un lien entre les trois hommes. Notre Chouchen nationale nous le rapportait. À ses yeux, ce n'était pas une information d'une importance capitale. On ne l'a pas détrompée.

– Ah si, a-t-elle ajouté brusquement. Il faut que je vous dise... un truc rigolo qui s'est passé avec mon portable...

Tout à coup, elle s'est faufilée dans le coin cuisine, a fixé Punaise dans les yeux et s'est écriée :

– Hamsun !

– À tes souhaits, j'ai dit.

– J'ai oublié mon rendez-vous ! Une femme qui a bien connu Knut Hamsun...

Qui pouvait bien être ce type-là ? On n'a pas eu le temps de poser la question. Chouchen avait déjà enfilé son imper, attrapait Double-Fond et lâchait en franchissant la porte :

– C'est un écrivain qui a eu le prix Nobel. Je file, les enfants. Je n'en ai pas pour longtemps.

Punaise nous a confirmé le rendez-vous. Olivia a disparu derrière le comptoir. Je me suis approché de Germaine et lui ai demandé :

– T'en penses quoi ?

La réponse a jailli d'un placard :

– On cherchait un lien entre les trois. On l'a. Et un lien, ça sert à attacher.

Olivia a attrapé les ciseaux sur le comptoir. Schlak ! Schlak !

Et aussi sec, elle s'est mise à cuisiner.

25

Exaspéré, Jonathan ferma le grand cahier d'un geste sec et le lança sur la table. Il avait vraiment une sœur impossible. Olivia était *encore* dans ses casseroles. Sur fond de jeu télévisé pour débiles mentaux, elle s'affairait bruyamment avec des verres, des portes de placards et des sacs en plastique. Comment pouvait-il transcrire de façon synthétique et claire le récit embrouillé de Chouchen ?

– Tu comptes *encore* manger ? demanda-t-il.

– Ce n'est pas pour moi, c'est pour Elfi. Elle doit commencer à avoir faim.

– Dis plutôt que tu meurs d'envie de retourner chez Olrik.

– J'ai beaucoup mieux à faire, figure-toi !

– Aller prendre une glace, par exemple ?

Olivia attrapa une boîte de hareng mariné, quelques tomates du tiroir à légumes et trois briques de lait.

Elle pouvait bien emporter de quoi nourrir tous les sans-abri de Scandinavie, il n'y avait aucun risque que sa mère s'en aperçoive.

– Je lui aurais bien préparé un vrai plat, mais on n'a pas le temps si on veut être rentrés avant Chouchen.

– C'est qui, *on* ? répéta Jonathan.

– Devine !

Jonathan jeta un regard suspicieux vers les fenêtres. Le ciel était moins menaçant que la veille, mais les petits nuages cotonneux qui s'y bousculaient ne lui disaient rien qui vaille. Les cimes des sapins frissonnaient et les vagues étaient crêtées d'écume.

– C'est pas urgent à ce point-là, objecta-t-il.

– N'oublie pas que Dad arrive demain.

Jonathan fixa sa sœur. L'arrivée de leur père lui paraissait tout à coup aussi inaccessible que la ligne d'horizon, une idée abstraite ne recouvrant aucune réalité. Comme, d'ailleurs, tant d'autres choses depuis quarante-huit heures. Les six lettres lues sur l'écran bleuté d'un téléphone et le corps blafard aperçu dans des profondeurs verdâtres l'avaient fait basculer dans un monde bizarre où tout était comme d'habitude et en même temps différent, où rien de normal ni de rassurant ne semblait pouvoir se produire.

– Pourquoi tu fais cette tête ? questionna Olivia. Qu'est-ce qu'il y a, Jon ? C'est à propos de Dad ?

– Tu es certaine qu'il va *vraiment* arriver ?

– Bien sûr, qu'est-ce qui te prend ?

Jonathan protesta :

– C'est juste…

– Alors c'est bon, coupa Olivia. Maintenant, décide-toi. Tu m'accompagnes chez Elfi ou tu me lâches ?

Chez Elfi. Exprimé comme cela, le projet perdait un peu de son aspect menaçant.

– OK, on y va, décida-t-il.

Il alla ranger le *log book* dans sa cachette : la valise de leur mère. Chouchen n'était pas une mère indiscrète, mais on ne savait jamais jusqu'où pouvait la pousser sa passion pour la lecture… Sa valise était le seul endroit où elle n'avait aucune chance de tomber sur le cahier : elle n'avait jamais remarqué la pochette ventrale et plate dont la fermeture éclair était dissimulée par un bourrelet de tissu.

Olivia ajouta quelques pommes de terre aux provisions qu'elle avait préparées, confia à son frère le sac contenant les briques de lait et éteignit le téléviseur.

– On va parler très fort avant d'entrer, ça la rassurera, suggéra-t-elle un moment plus tard comme ils arrivaient dans le petit jardin d'Olrik.

Aucun signe ne trahissait la présence d'Elfi. Le drapeau gisait toujours mollement au pied du mât, et les rayons encore tièdes du soleil caressaient des fenêtres closes.

– C'est nous ! cria Olivia en poussant la porte.

– *The French* ! précisa Jonathan d'une voix ferme pour se racheter de son moment de faiblesse.

La maison était aussi silencieuse que la nuit où la belle-sœur d'Olrik avait brusquement surgi de son armoire.

Ils posèrent les sacs sur la table.

– C'est bizarre qu'elle ne descende pas.

– Elle doit être paniquée.

– Ou malade ?

– Ou pire…

– Comment ça ?

– Tu vois très bien ce que je veux dire.

– Pourquoi veux-tu… ?

– Faut aller voir.

– Tu crois ?

Ils savaient bien qu'ils n'avaient pas le choix, ils *devaient* aller voir.

– On y va, décidèrent-ils ensemble.

Ils gravirent l'escalier et ouvrirent les portes dans le même ordre que l'autre nuit : salle de bains, petite chambre, grande chambre. La salle de bains était vide, la petite chambre était dans le même état que la fois précédente, et la grande également. Excepté l'armoire, qui cette fois ne contenait que des vêtements.

Elfi était invisible.

Ils se regardèrent consternés, inspectèrent le dessous des lits, les placards, redescendirent au rez-de-chaussée, et enfin sortirent de la maison pour s'assurer qu'il n'y avait ni garage, ni hangar, ni cabane pouvant servir de cachette. De retour à l'intérieur, ils crièrent encore plusieurs fois « Elfi, c'est nous ! », sur le ton encourageant qu'ils auraient pris pour rassurer un chaton effrayé. Mais aucun chaton ne vint pointer son museau.

– Elle est partie, dit finalement Olivia.

– Ou bien morte, murmura Jonathan d'une voix sourde.

– Si elle était morte, on aurait vu…

Son cadavre ? Olivia n'osait même plus prononcer ce mot effroyable. Elle s'empressa de trouver une autre explication :

– Son mari est sans doute venu la chercher.

– Ça prouve au moins une chose : il est vivant, et Olrik a tué quelqu'un d'autre.

– Ça, on le sait depuis le début… On s'en va ?

Maintenant qu'il était certain que le premier étage ne dissimulait aucun piège, Jonathan n'était plus si pressé de rentrer à la maison rouge. Elfi partie, l'assassin en fuite n'avait aucune raison de revenir chez lui en plein jour.

Il montra du doigt les rayonnages qu'il avait repérés deux nuits auparavant.

– C'est le moment où jamais, fit-il en s'en approchant.

Olivia consulta sa montre.

– Chouchen n'est pas près de rentrer, on a au moins une heure et demie devant nous.

Les dossiers portaient des titres assez faciles à comprendre : *Mørden*, *Elektrisitet*, *Telefon*… Leur contenu fut passé au crible en moins d'un quart d'heure, la fouille ponctuée de commentaires laconiques. Factures… Lettres… Coupures de presse…

– Du norvégien, du norvégien et encore du norvégien, soupira Olivia.

– Comme quoi c'est utile, les langues !

– Tais-toi et fouille…

Olivia sentait son enthousiasme retomber comme un soufflé qui refroidit. Au lieu d'apporter des vivres à Elfi, elle aurait mieux fait d'aller passer une heure au café du port ! Pistache, menthe et chocolat noir, voilà ce qu'elle aurait choisi aujourd'hui. Et, comme la veille, son Viking n'aurait eu d'yeux que…

– Je crois que j'ai quelque chose ! s'écria Jonathan.

Il brandissait deux feuilles de papier sorties d'une imprimante.

– Fais voir !

La première comportait un texte court ressemblant au bref message qu'on joint pour envoyer un document. Sur la seconde, une colonne de chiffres faisait face à une liste de mots. L'un d'eux sauta aux yeux de Jonathan avec la même intensité que s'il avait été imprimé dans une encre phosphorescente.

– Regarde ! s'écria-t-il en montrant du doigt le mot *Nitritt*. Olrik a dû demander des analyses à un laboratoire, exactement comme Strøm !

– Pas à un laboratoire, rectifia Olivia. À un vétérinaire. Regarde l'en-tête : Lasse Björndalen (tu parles d'un nom !), Mo i Rana[1]…

Ces deux feuilles de papier constituaient sûrement un élément capital.

– On a… on a raison depuis le début ! s'exclama

1. Mo i Rana est une petite ville située à environ 120 km au sud de Bodø.

Jonathan. Le cadavre n'a aucun rapport avec Bernulf, c'est… tout est lié à l'histoire de Strøm !

Comme son frère, Olivia se sentait électrisée. Mais pour une autre raison.

– J'ai une idée ! On va demander à Stal de nous dire ce qu'il y a dans cette lettre !

– Toi, alors…

– C'est uniquement pour avancer. Si ça te gonfle, je peux très bien y aller toute seule !

– Mais non, fais pas la tête…

– Reconnais que c'est le seul moyen, insista-t-elle en pliant la lettre dans sa poche.

26

21 juin, 19:24:18, on pédale dans la semoule (ou dans le yaourt, au choix).

Le mystère s'épaissit, comme on dit dans les livres de recettes au chapitre des sauces, on est en plein brouillard. Pas très confortable, comme sensation… En plus, il y a quelque chose qui me reste en travers de la gorge comme une grosse arête de daurade : j'ai été obligée de mentir à Stal.

J'étais prête à lui dire où on avait trouvé la lettre du vétérinaire de Mo i Rana, mais Jonathan m'a rappelé qu'alors on serait obligés d'expliquer pourquoi on était allés fouiller chez Olrik. C'est sûr qu'il n'avait pas entièrement tort. On ne connaît pas assez bien Stal pour être certains qu'il ne racontera rien à son père, qui lui-même pourrait bavarder avec ses clients… Conclusion, motus et bouche cousue !

– Toi qui es la reine de la négo', a décrété Jonathan quand on est arrivés en vue du café, enjoy *!*

Parler anglais n'est déjà pas de la tarte, mais mentir *en anglais est carrément aussi impossible qu'avaler du riz au lait (sauf pour Jon qui adore les deux, le riz au lait et l'anglais…). Surtout quand on parle à un Viking qui a des yeux… STOP !*

Je ne lui ai montré que la feuille des analyses, avec l'adresse d'Olrik. On l'avait trouvée dans un placard de la maison rouge, on se demandait ce que signifiaient ces chiffres, et ça pouvait intéresser notre mère pour son livre…

Stal nous a tout traduit. Comme on l'avait deviné, Olrik avait demandé au vétérinaire de compter les poux de ses saumons et de vérifier que ses poissons étaient conformes à la loi : nourriture saine, pas trop d'antibiotiques, pas trop de carotène, pas de nitrite, pas de contamination par le cuivre qui sert à détruire certaines algues… Bref, les saumons d'Olrik ont un casier judiciaire vierge, contrairement à leur patron !

J'ai réussi à bafouiller « How interesting[1] *! » en regardant Stal dans les yeux. Et le voilà qui rougit et*

1. (angl.) Comme c'est intéressant !

qui pique du nez vers la feuille ! J'ai cru que c'était moi qui l'intimidais… Raté ! Il était simplement intrigué par le nom et l'adresse du vétérinaire imprimés en haut de la page. Tous les éleveurs de Mørden confient leurs analyses à Illen. Alors il était curieux de savoir lequel d'entre eux avait éprouvé le besoin d'aller jusqu'à Mo i Rana, et surtout pour quelle raison.

En me lançant un regard digne de La Sardine dans ses plus mauvais jours, Jonathan a proposé une explication : les analyses avaient sûrement été oubliées dans le placard par un éleveur de la région de Mo i Rana qui avait loué la maison rouge peu de temps avant nous. Stal a trouvé l'idée very clever[1]. *Il a félicité mon frère pour ses qualités de déduction et a ajouté que, logique comme il l'était, il devait déchirer en maths ! (Pas de commentaires.) Jonathan lui a renvoyé la balle en le félicitant pour son accent anglais. Ça commençait à devenir d'un lourd…*

Pour couper court, j'ai eu l'idée de raconter à Stal qu'on avait un kayak et de lui demander, mine de rien, s'il aimait en faire. J'étais en train de me creuser la tête pour savoir comment on disait kayak *en anglais, quand*

1. (angl.) Très astucieuse.

Stal s'est tout à coup retourné en criant : « Hei[1], Marit ! », *puis il a poussé de grandes exclamations incompréhensibles (et très, mais alors vraiment* très *joyeuses...) en se dirigeant vers la cliente qui venait d'entrer. C'était une espèce de grande blondasse d'au moins dix-sept ans avec des cheveux tout lisses, un nez retroussé et des yeux qui lui bouffaient la moitié du visage. Marit, drôle de prénom... En plus, elle avait des épaules de déménageur. Je parie qu'elle joue au rugby !*

Si on résume, Stal ne nous a rien appris de très intéressant. Olrik a bien le droit d'emmener ses saumons en visite médicale à Mo i Rana s'il en a envie. Ça nous fait de belles jambes, de savoir que ses poissons sont en bonne santé ! Mon idée d'aller au café n'était pas si géniale que ça. La glace était nettement moins bonne que celle de l'autre jour, et JE HAIS *les joueuses de rugby ! Finalement, je ne regrette pas du tout d'avoir menti à Stal.*

De toute façon j'en ai assez d'écrire dans ce log book, *assez d'Olrik, des saumons, de ce pays, de l'anglais, de l'allemand et du norvégien, de Dad qui n'arrive pas, de mes cheveux qui frisent, du bouton qui*

1. (norv.) Salut.

pousse sur mon menton, du soleil qui refuse de se coucher et de La Sardine qui n'est jamais là au moment de préparer les repas.

Ce soir, ce sera sandwich Nordhav : pain polaire[1]*, hareng fumé, concombre, salade, mayonnaise, crème fraîche et paprika.*

Marre de tout. Des Vikings, surtout.

1. Pain non levé, appelé aussi pain suédois.

log book

27

21 juin toujours, 23:12:35, Chouchen dort, Jonathan dort, et moi je ressemble à une omelette norvégienne : j'ai chaud, j'ai froid, de la vapeur sort de mon cerveau.

Impossible de dormir avant d'avoir écrit dans le log book *ce qui s'est passé au dîner...*

Ça a commencé comme d'habitude : Chouchen a raconté en long, en large et en travers son interview de la femme qui a connu Knut Hamsun, un écrivain (paraît-il) célèbre. Il faut toujours qu'elle teste sur nous ce qu'elle va écrire dans ses bouquins. Nous, on fait semblant d'être passionnés, mais la plupart du temps on pense à autre chose. Ce soir encore plus que d'habitude. Jonathan pensait sûrement à Olrik, et moi... STOP !

Puis, tout à coup, Chouchen :

– À propos de Knut, je ne vous ai pas raconté ? Il s'est passé quelque chose d'un peu bizarre avec lui.

– Je croyais qu'il était mort il y a plus de cinquante ans, a fait remarquer Jonathan.

Là, il y a eu un blanc. Chouchen avait la tête de quelqu'un qui vient d'avaler une mouche. Puis elle a vaguement mordu dans son sandwich en répliquant, un peu agacée :

– En tout cas il était vivant cet après-midi, puisque j'ai discuté avec lui !

– Je croyais que tu avais rendez-vous avec une femme, s'est étonné Jon. Une femme qui l'a bien connu...

En fait, Chouchen ne parlait pas de Knut Hamsun, mais du vétérinaire, qui porte le même prénom. Du coup, on a de nouveau tendu l'oreille.

On n'a pas été déçus !

– À la fin de ma visite, a-t-elle raconté, sa secrétaire l'a harponné et ne l'a plus lâché. J'en ai profité pour passer un coup de téléphone à Olrik Helgelund. J'espérais pouvoir lui parler de Strøm.

Jonathan a failli avaler de travers, et moi j'ai mordu tellement fort dans mon sandwich que la mayonnaise a giclé jusqu'au milieu de la table. Chouchen n'a rien vu.

Pour résumer : Chouchen n'a obtenu que la messagerie car Olrik n'a pas décroché. Elle a rappelé aussitôt. (C'est elle tout craché : si Olrik n'avait pas son portable avec lui ou si le portable était éteint, elle n'avait pas plus de chances de l'avoir trente secondes plus tard !) Re-messagerie.

Jusque-là, rien de très bizarre. Un assassin ne doit pas avoir très envie de prendre une communication quand il voit s'afficher un numéro inconnu...

Ce qui est moins normal, c'est que les deux fois où Chouchen a formé le numéro d'Olrik, un portable a sonné dans un tiroir du bureau d'Illen ! Et que la sonnerie s'arrêtait pile au moment où s'enclenchait l'annonce d'absence ! Très intriguée, Chouchen a retenté l'expérience, et cette fois elle a raccroché pendant la deuxième sonnerie. Eh bien le portable du tiroir a sonné pile une fois et demie !!!

Conclusion : il y a 99,999 % de chances pour que le portable de L'Élan soit dans le tiroir du vétérinaire. Pourquoi ? That is the question[1] *! comme dit Jonathan. Le vétérinaire qui a si bien reçu Chouchen en se mettant en quatre pour lui parler en français n'est peut-être pas aussi innocent qu'il en a l'air... à mon avis, et Jon est d'accord, il y a trois possibilités :*

1) Le vétérinaire est complice avec Olrik, et Olrik se

1. (angl.) C'est la question !

cache chez lui. L'amabilité d'Illen n'était que de l'hypocrisie destinée à noyer… le saumon !

2) Ils sont complices, et L'Élan est mort. Pour une raison qu'il faudrait découvrir, Illen l'a rattrapé alors qu'il filait en barque, l'a assassiné et lui a pris son portable.

3) Ils ne sont absolument pas complices. Olrik avait découvert qu'Illen avait truqué les analyses de son copain Strøm, et il a demandé des analyses à un autre vétérinaire pour le piéger. Illen l'a appris, a poursuivi L'Élan et l'a assassiné. Dans ce cas-là, qui est le mort de la ferme aquacole ?

Jonathan s'en fout, il est allé se coucher. Et je me retrouve toute seule à essayer de comprendre ! Ça ne devrait pas être plus difficile que de faire une omelette, il suffit de battre les œufs ! Sauf que l'omelette norvégienne, c'est un peu spécial…

À ton avis, Jon, là, on brûle, ou on refroidit ?

28

Le lendemain, à l'heure du petit déjeuner, le port de Mørden ressemblait à un jeu de construction blotti dans une immense couette d'un gris laineux.

– Le soleil en a marre des nuits blanches, commenta Jonathan d'une voix sinistre. Il est parti voir si ça se présenterait mieux pour lui de l'autre côté de la Terre, il n'est pas près de revenir.

– Pas de panique, le rassura Olivia. J'ai passé commande d'une petite brise qui va dissiper les nuages à seize heures pile.

Seize heures, c'était l'heure à laquelle un avion de la compagnie SAS Braathens en provenance d'Oslo se poserait à Bodø, Christopher Cavendish à son bord.

– Espérons qu'il sera bien dans l'avion, soupira Tiphaine. Je ne serais pas étonnée qu'il téléphone pour annoncer qu'il est au Kirghizstan ou au Zimbabwe.

Passer une journée de plus à attendre son mari lui semblait au-dessus de ses forces. Elle était pourtant habituée à conduire seule la barque Cavendish, mais depuis l'accostage en Norvège elle avait l'impression que le gouvernail lui échappait et que l'embarcation familiale dérivait dangereusement vers le large. Les enfants étaient bizarres, tantôt partis sur une autre planète, tantôt tellement appliqués à ne pas faire de vagues que c'en était suspect. Ce n'était pas seulement l'attentat de Dubaï qui les avait choqués, elle était certaine qu'il y avait autre chose. Sous prétexte qu'elle n'avait pas en permanence l'œil sur la montre et qu'il lui arrivait d'égarer des objets, ils la prenaient pour une créature évaporée, une plume voletant au gré du vent ou un ballon de baudruche bondissant d'interview en visite culturelle. Ils se trompaient, elle était beaucoup plus attentive qu'ils ne le croyaient. La plupart du temps, du moins.

– Vraiment bizarres… conclut-elle à haute voix.

– Qu'est-ce qui est bizarre, maman ? demanda Olivia. Que tu étales ton beurre avec une cuillère à café ?

Tiphaine regarda son petit pain avec perplexité.

– Quelle importance ? répondit-elle. Ce que tu peux être conventionnelle !

Jonathan eut une moue dégoûtée.

– Mais c'était *ma* cuillère pour *mon* œuf à la coque ! Maintenant elle est toute collante, c'est dégoûtant !

Décidément, il était temps que leur père arrive. Tiphaine scruta le ciel comme si elle espérait y voir apparaître son mari, surfant sur les nuages pour venir sauver la maison rouge en perdition.

– C'est un temps idéal pour les photos, décréta-t-elle, ravie d'avoir trouvé un moyen de prendre le large jusqu'au départ pour l'aéroport.

– Tu comptes te remettre au noir et blanc ? demanda Olivia d'un air faussement naïf.

Jonathan grincheux, Olivia ironique : aucun doute, les Cavendish étaient dans un mauvais jour. Sans daigner répondre, Tiphaine s'empressa d'avaler son café et ignora le petit pain qu'elle avait eu tant de peine à tartiner.

– Je peux vous laisser desservir ? demanda-t-elle en allant déposer son bol dans l'évier. Il ne faut pas que je traîne si on veut déjeuner de bonne heure. Des petits pois, ça vous ira ?

– Génial !

Ils avaient répondu en chœur, Jonathan parce que le menu du déjeuner le laissait totalement indifférent, Olivia puisque, de toute façon, elle avait la ferme intention de faire barrage aux petits pois. Avec des filets de saumon poêlés, peut-être ? Jonathan accepterait-il encore d'en manger ?

Mais d'ici là ils devaient mettre au point un plan pour tenter de découvrir ce que cachait le vétérinaire.

– C'est pas trop tôt, marmonna Jonathan en entendant démarrer le moteur de l'Espace. Je la voyais déjà tourner en rond toute la matinée, tu sais comment elle est quand on attend Dad !

– Tu m'aides ?

La vaisselle fut lavée et rangée tambour battant.

– Alors qu'est-ce qu'on écrit ? demanda Jonathan un moment plus tard en disposant sur la table papier et stylos.

– L'écriture, c'est ton rayon, non ?

Jonathan mordilla son stylo, plus que jamais conscient de l'impact des mots…

Olivia était venue lui exposer son idée aussitôt levée, et il ne lui en avait même pas voulu de l'avoir réveillé. D'ailleurs il appréciait beaucoup moins la couette depuis qu'ils étaient en Norvège. Les nuits étaient trop claires, et surtout traversées par trop de cauchemars.

– Je sais ce qu'on va faire ! avait annoncé sa sœur en s'asseyant au bord de son lit (non, pas au bord, elle lui avait carrément écrasé les pieds). On va envoyer un SMS sur le portable d'Olrik pour lui donner un rendez-vous.

– Et on fera quoi, après ?

– Rien, c'est juste pour savoir qui viendra ! Si c'est Olrik, Illen et lui sont complices. Si c'est le vétérinaire, il a peut-être assassiné L'Élan.

– Ou alors Olrik l'a envoyé en éclaireur pour ne pas se faire repérer.

L'idée était excitante, mais l'issue incertaine et les conclusions douteuses. Cependant Jonathan n'avait rien de mieux à proposer.

– Bingo ! s'écria-t-il au bout d'un moment. On lui donne rendez-vous à l'aéroport. Dans la foule, on pourra observer sans prendre de risques.

Il écrivit quelques mots et tendit la feuille à Olivia, qui lut à haute voix :

– BODØ AIRPORT 15:45 SAS BRAATHENS ILLEN. (Elle fronça les sourcils, relut le message à mi-voix.) Tu crois qu'il comprendra qu'il doit aller au comptoir de la Braathens ? Oui, sûrement, il n'est pas débile… Mais c'est quand même un peu court, non ? On pourrait ajouter quelque chose comme : INFORMATION CAPITALE AU SUJET DE STRØM ? Enfin, l'équivalent en anglais.

Jonathan haussa les épaules.

– Trop précis. Plus le message sera mystérieux, plus il sera paniqué. Ça va l'obliger à réagir.

– Ouais… Mais ils se connaissent, non ? Tu enverrais un SMS aussi sec à un de tes copains, toi ?

Jonathan réfléchit.

– Je signerais *Jonathan*, mais eux, ce sont des vieux… Enfin bon, si tu veux…

Il reprit la feuille, ajouta l'initiale du vétérinaire.

– Le prénom tout seul, ça serait peut-être *too much*, fit-il remarquer à Olivia en lui tendant le papier.

Elle tira nerveusement sur ses cheveux.

– C'est la même chose. C'est même assez ridicule. Soit on met le nom, soit on met le prénom, mais là, ça ressemble à rien. Et puis il manque un point après l'initiale !

Elle cessa de torturer ses cheveux, crispa sa main sur la feuille, écarquilla les yeux d'un air aussi effaré que si les caractères s'étaient transformés en araignées fluorescentes pour se mettre à courir sur le papier.

– K ILLEN ! murmura-t-elle en regardant son frère.

– Et alors ? Il s'appelle Knut, non ?

– Exact !

– Alors qu'est-ce qui te dérange ?

– Fais pas la buse : si on remplace le N par un R, ça fait *KILLER* !

En un éclair, Jonathan comprit où elle voulait en venir.

– Tu veux dire que le fameux SMS… qu'Olrik…

– Exactement. Et si tu avais mal lu, l'autre jour ? Là où tu as cru voir *KILLER*, il y avait peut-être simplement sa signature, *K ILLEN* ?

– T'hallucines ! J'ai parfaitement lu *KILLER* !

Il se refusait à admettre que le simple fait d'avoir pris une lettre pour une autre ait pu déclencher le maelström affolant qui les brassait depuis trois jours. Si c'était vrai, le destin tenait à des riens, une lettre, un quiproquo, un reflet sur un écran… C'était terrifiant. Il ne pouvait pas accepter cette idée !

Et pourtant une petite graine de certitude était en train de prendre racine en lui. Une sorte de tillandsia qui se suffisait à elle-même, qu'il n'avait pas besoin de nourrir. Il avait beau nier, il savait qu'Olivia avait peut-être raison, qu'elle avait *très probablement* raison. Et ça l'énervait.

Un courant d'air glacé lui parcourut la nuque. Il se retourna brusquement, s'attendant presque à trouver la porte grande ouverte, L'Élan planté sur le seuil, ricanant méchamment. Mais il n'y avait personne et la porte était close. Ce qui le faisait frissonner, c'était d'admettre que son erreur ne relevait pas totalement du hasard. Dès qu'Olrik était apparu, il avait eu l'intuition qu'il était mêlé à une machination diabolique, que le mal rôdait à Mørden.

– Alors ils sont complices ! s'exclama-t-il. Ils se sont donné rendez-vous à la ferme pour faire disparaître le cadavre ? Mais c'était le cadavre de qui ? Et comment Olrik a pu le garder chez lui sans qu'Elfi s'en aperçoive ?

Olivia repensa à cet après-midi là. Elle avait été agacée par le cinéma de Jonathan, planté derrière la fenêtre à épier Olrik sans donner la moindre explication. Elle, elle n'avait rien vu. Ni le gros sac vert, ni le départ de l'éleveur pour la ferme, ni, finalement, la barque s'éloignant vers le nord. Elle connaissait l'imagination débridée de son frère. Il avait suffi qu'il lise le mot *KILLER* pour en conclure que le sac marin contenait un cadavre. Et il y avait bien un cadavre, puisqu'ils l'avaient vu. Mais…

– Qu'est-ce qui prouve que le cadavre se trouvait dans le sac ? fit-elle remarquer à Jonathan. On va essayer de reprendre les choses dans l'ordre… Pour une raison quelconque, Knut Illen donne rendez-vous à Olrik Helgelund à la ferme aquacole. Olrik peut très bien en profiter pour y transporter des affaires dont il a besoin là-bas… De la nourriture pour ses saumons, ou du matériel, peu importe. Il prend son sac, le décharge une fois à la cabane. Illen et lui discutent, se bagarrent…

– Mais Illen n'est pas mort puisque Chouchen l'a rencontré ! Il y a donc un troisième homme, ou plutôt une femme…

– Pas forcément ! Laisse-moi terminer… Ils se disputent, Illen assomme Olrik et se retrouve avec un cadavre sur les bras…

– Impossible, j'ai vu Olrik…

– Minute, Jon ! Paniqué, Illen décide de faire disparaître le corps. Il le saucissonne dans une couverture…

– Pas une couverture, protesta Jonathan. Souviens-toi, ça ressemblait à un youyou, on a même vu l'hélice du moteur…

Il leva les yeux, regarda fixement le plafond, commença à agiter les mains… C'est bon signe, se dit Olivia, il va encore avoir une de ses idées géniales.

– Bien sûr ! s'écria enfin Jonathan. Il fallait bien que la personne qui a donné rendez-vous à Olrik…

– Illen.

– Si tu veux… Illen n'est sûrement pas allé à la cabane à la nage, et pourtant je n'ai vu repartir que la barque d'Olrik et il n'y avait pas de bateau à la ferme !

Ouais, c'est sûrement ça… Mais ça ne fait que compliquer les choses… ça voudrait dire qu'Illen est mort et qu'Olrik a coulé son youyou. Seulement Chouchen a bien rencontré…

Olivia le coupa net. Tout s'enchaînait maintenant parfaitement. Elle pouvait presque décrire la scène comme si elle y avait assisté.

– Non, Jon, Olrik est bel et bien mort ! Réfléchis : Illen l'a tué. Il ne veut surtout pas qu'on le voie quitter la ferme, et il ne peut pas non plus y laisser le youyou avec lequel il est venu… Alors il le crève, emballe Olrik dedans, leste le tout avec son moteur et envoie le paquet au fond de l'eau. Puis il s'en va avec la barque d'Olrik.

– Impossible, répéta Jonathan. C'était L'Élan qui était dans la barque !

Olivia secoua la tête vigoureusement.

– De si loin, tu ne pouvais être sûr de rien ! Tu as vu quoi ? Sa barque, avec quelqu'un dedans !

– Pas quelqu'un ! Olrik ! J'ai très bien reconnu son bonnet !

– Et alors ? Illen a pu mettre le bonnet d'Olrik. Si on l'apercevait, on en conclurait qu'Olrik avait quitté Mørden pour quelques jours et personne ne s'inquiéterait. Il vit seul… Et pour qu'on ne se pose pas de questions, il fallait aussi que le drapeau ne reste pas en haut du mât. C'est Illen qui est venu le baisser, l'autre nuit… De loin, tu l'as pris une fois de plus pour Olrik. Ça se tient, non ? Qu'est-ce que tu en penses ?

Jonathan reconnut qu'il n'avait rien à opposer. Il était partagé entre deux sentiments contradictoires : l'excitation, et la déception de se dire qu'il avait peut-être mal jugé L'Élan, qu'il avait confondu victime et assassin ! Mais la satisfaction de comprendre enfin ce qui s'était sans doute passé l'emporta.

– Ça tient la route. Et donc c'est Illen qui a poussé Strøm au suicide en l'accusant d'utiliser du nitrite. Si Olrik l'a soupçonné d'avoir trafiqué les résultats, c'est logique qu'il ait voulu vérifier auprès d'un autre vétérinaire !

Olivia rebondit aussitôt sur cette idée.

– Il aurait tendu un piège à Illen. Il lui a confié ses propres saumons à analyser, et a demandé une autre expertise au vétérinaire de Mo i Rana. Si Illen retentait le même coup qu'avec Strøm, ce serait la preuve de sa malhonnêteté.

– Pourquoi avoir trafiqué les analyses de Strøm ?

– Illen le détestait ? suggéra Olivia.

– Il était jaloux de sa réussite… Ou bien…

Olivia jeta un coup d'œil à sa montre.

– On perd du temps, là… Il faut absolument être prêts pour le retour de Chouchen. Tu lui piqueras son portable pendant que je la coincerai avec une question d'allemand… Bon, on en reste à ce qu'on a dit ? BODØ AIRPORT 15:45 SAS BRAATHENS K ILLEN… C'est génial, finalement ! Illen n'y comprendra rien, il se demandera qui peut bien envoyer à Olrik un SMS signé de son propre nom !

Jonathan adorait cette idée. Cela donnait au SMS un caractère irréel, fantastique… Mais il y avait sûrement moyen d'inquiéter encore davantage le vétérinaire.

– J'ai beaucoup mieux ! s'écria-t-il soudain. On va lui balancer un message en direct de la Mort-qui-tue ! BODØ AIRPORT 15:45 SAS BRAATHENS OLRIK… Qu'est-ce que tu en dis ? Si Olrik est bien mort, ce salopard d'Illen va *vraiment* flipper. Je n'aimerais pas être à sa place !

– C'est toujours plus agréable que d'être à la place d'Olrik, remarqua Olivia.

– C'est clair, opina Jonathan.

Pourtant c'était plus fort que lui. Il savait qu'il était injuste, mais, quelle que soit la vérité, Olrik resterait toujours pour lui L'Élan, le troll qui déclenche les catastrophes. Il était impatient, maintenant, de voir arriver son père, d'entendre son rire tonitruant et ses plaisanteries. Il avait hâte que la vie redevienne comme avant.

29

Tous les aéroports se ressemblent. Parking, portes vitrées, panneaux d'affichage, comptoirs d'embarquement, tapis roulant : chacun de ces éléments est interchangeable d'un pays à l'autre. Des gens se préparent à partir, d'autres viennent accueillir des voyageurs rentrant du bout du monde. Dans le hall d'un aéroport, la foule n'est qu'attente. Mais c'est beaucoup plus casse-pieds que dans une gare ferroviaire, songea Tiphaine, on attend au milieu de rien. Dans une gare, quelqu'un qui attend peut se promener dans les courants d'air, nez au vent, s'asseoir à la terrasse d'un buffet, acheter des journaux ou un livre, observer la foule.

Tout à coup, elle eut la nostalgie de la gare du Nord, à Paris, d'où l'on pouvait filer à Londres, Bruxelles, Amsterdam, ou Cologne. Une gare où l'on pouvait rêvasser, perdre son temps avec bonheur, une gare où les voyageurs, dans un ballet sans fin, offraient un spectacle varié, coloré, parfois cocasse.

Gare du Nord. Rue de Paradis. Paris…

Tiphaine avait hâte de voir arriver Christopher. Malgré ses origines écossaises, il portait toujours sur lui un air de Paris. Le parfum de la plus belle ville du monde l'enveloppait des pieds à la tête, imprégnait ses vêtements et donnait à ce grand costaud d'Édimbourg l'allure d'un gamin parisien. Comme beaucoup plus d'Anglo-Saxons que ne le croyaient les Français, Christopher était francophile, et fier d'avoir épousé une *froggy*[1]. D'ailleurs, partout où il allait, il se présentait comme un Parisien. Il mettait un point d'honneur à atténuer le plus possible son accent rocailleux.

Que c'était long, cette attente ! Elle voulut regarder sa montre, se rendit compte qu'elle n'avait rien au poignet, fouilla à tout hasard dans son sac. De toute façon, à quoi cela pouvait-il servir d'avoir une montre quand on vivait avec Christopher ? Lorsqu'elle le faisait attendre dix minutes, il était en retard de dix jours. Lorsqu'il disait « à tout à l'heure », il fallait traduire :

---

1. Une grenouille. C'est le surnom donné par les Anglais aux Français. Les Français, eux, appellent les Anglais des *rosbifs*.

« à demain ». Dans « je serai sans doute un peu en retard », il ne fallait rien chercher d'autre que « je ne viendrai pas ». Il était même capable de prendre un rendez-vous pour la semaine suivante et de s'y rendre plusieurs mois plus tard, lorsqu'il aurait réussi à attraper un avion. Attraper un avion… la formule ne manquait pas de sel. Tiphaine imagina Christopher, debout sur une piste d'envol, un grand lasso à la main, scrutant le ciel pour y guetter le passage d'un gros migrateur, un 747 ou un A340 qu'il immobiliserait tel le cow-boy brisant l'élan d'un mustang.

Combien avait-il raté d'avions ? Tous, avait envie de répondre Tiphaine. Il lui semblait que Christopher n'avait jamais pris l'avion, le train ou le bateau qu'il était censé prendre. Christopher pourrait faire des efforts. Une fois de temps en temps, elle n'en demandait pas plus, arriver à bon port au jour J, à l'heure H, à l'instant T. Disons une fois par an, évalua-t-elle. Par exemple en fin d'année scolaire. Maintenant.

Elle s'énervait rarement, mais là, aujourd'hui, elle ne savait pas pourquoi, cette attente lui pesait plus que d'habitude. Où était donc sa montre ? Son sac était décidément trop grand, les choses s'y perdaient, avec même une certaine malice, comme si des trolls s'emparaient de ses affaires et organisaient une sorte de vide-grenier.

« J'ai une montre-bracelet à aiguilles, dit un troll en l'agitant devant les yeux d'un de ses congénères, je te l'échange contre un bloc-notes. – Tu n'aurais pas plutôt du rouge à lèvres, répond le deuxième troll, je dois sortir ce soir. Cherche bien, je t'en offre une clé de voiture, plus un téléphone portable, et en prime une brosse à cheveux. Une affaire ! – Tu m'as bien vu ? J'ai plus un cheveu sur le caillou ! – Peut-être, mais moi j'ai vraiment besoin de ce rouge à lèvres. Cherche mieux... »

Pourquoi, pourquoi, se répétait Tiphaine, n'ai-je pas ma montre aujourd'hui ? Pourquoi ne l'ai-je pas mise à mon poignet ? Parce que je savais qu'il y aurait un problème avec l'avion de Christopher, et que j'attendrais dans un aéroport, où l'heure est toujours affichée. Ce qui ne me donne pas ma montre pour autant, soupira-t-elle en brassant de nouveau le contenu du sac à l'aveugle, avant de se résoudre à le coincer sous son bras pour y jeter un coup d'œil. Ce n'était pas mieux.

Elle se baissa, s'accroupit, posa son sac à terre, en écarta les parois et plongea ses deux mains dans ce vaste capharnaüm. Elle visita aussi toutes les petites poches, celles qui se fermaient de différentes manières et qui étaient prévues pour les secrets, les choses minuscules, les photos des enfants et de Christopher. Toujours rien. Et cela continuait de l'énerver.

Des yeux, elle chercha une horloge murale, une pendule digitale, s'étonna d'apprendre qu'il n'était que 15 h 40. Pourquoi s'inquiétait-elle, finalement ? Parce que, elle en convenait, son énervement cachait de l'inquiétude. Elle referma son sac, passa la bandoulière à son épaule, se décida à marcher dans le hall. Au fait, où étaient les enfants ? Il ne manquerait plus que…

Elle sentit comme des flèches qui piquaient son dos. Une impression de malaise. Quelqu'un l'observait. Elle se retourna. Olivia et Jonathan étaient bien là-bas, à une vingtaine de mètres, en grande discussion. Jonathan lui fit un petit signe de la main. Un tout petit signe très discret qui semblait signifier : « Tout va bien, on attend, il arrive », ou « On règle un truc entre nous, on te rejoint ». Elle esquissa un geste de la main pour lui répondre, mais renonça : ils ne la regardaient déjà plus, avaient repris leurs palabres.

Delayed annonçait le panneau d'affichage. Elle s'en serait doutée. Le vol BR 714 Oslo/Bodø de SAS Braathens était retardé. C'était un événement banal.

Elle se rendit au comptoir de la compagnie aérienne, se renseigna en anglais auprès d'une hôtesse. Dans un grand sourire blond, la jeune femme lui assura que le vol 714 n'accusait qu'un léger retard. En effet, admit Tiphaine, 16 h 10 au lieu de 16 h, ce n'était pas la mer à boire. Qu'étaient dix minutes comparées à ces dernières journées ? Cependant son expérience des aéroports lui inspirait la méfiance. On n'avait jamais vu un retard important annoncé sur un panneau d'affichage. Jamais. C'est par tranches de dix minutes que l'impatience s'installait, par plages d'une demi-heure que grandissait l'angoisse.

Mais aujourd'hui, quelque chose clochait. Elle n'aurait su dire quoi. Ce sourire trop blond de l'hôtesse, cet aéroport trop petit, ces journées sans fin, ces piqûres répétées entre ses omoplates. Elle se retourna brutalement. Rien que les enfants en plein conciliabule. Rien qu'eux et des gens. Des gens qui déambulaient. Des gens immobiles qui attendaient. Comme elle. Elle passa une main sur sa nuque, se massa un peu, tenta de se convaincre qu'il s'agissait de tension nerveuse, rien de plus. Elle leva les yeux vers le panneau d'affichage, espérant un message d'espoir.

Elle sentit une nouvelle volée de flèches atteindre le haut de son dos.

30

La petite Française qui ne tenait pas en place était bien obligée d'attendre. Qu'imaginait-elle ? Que venir en Norvège sous le prétexte d'écrire un guide de voyage lui donnait tous les droits… ? Que savait-elle de ce pays ? Que pouvait-elle en dire ? À peine un peu plus que ce qu'en disaient les touristes venus se balader dans les fjords ou photographier le soleil de minuit aux îles Lofoten. Pas grand-chose en somme.

Ainsi vagabondait l'esprit de l'homme qui l'observait.

Il n'aurait jamais pensé que cette femme d'aspect un peu frêle, avec un visage de rêveuse et des airs distraits, était l'auteur du SMS qui l'avait obligé à venir ici, au comptoir de la compagnie Braathens.

Il était arrivé avec un peu d'avance, histoire de voir la partie se mettre en place. Comment l'ennemi allait-il jouer ses premiers pions ? Mais cette avance ne lui avait pas permis de se préparer comme il l'aurait voulu. S'il n'avait pas crevé à la sortie de Bodø, il se serait trouvé à l'aéroport avec une marge de manœuvre plus confortable, d'une bonne demi-heure sans doute, juste ce qu'il fallait pour reconnaître le terrain et le miner. Là, il avait juste pu constater qu'elle aussi avait fait ce calcul. Quand il avait franchi les portes vitrées en se mêlant à un groupe de touristes italiens en partance pour Tromsø, il l'avait tout de suite vue, faisant les cent pas.

Tiphaine Cavendish !

Elle avait bien choisi le lieu de rendez-vous. Ici, tout affrontement était impossible. Dans la foule, elle ne risquait rien.

Il s'était placé à bonne distance, dans un angle du hall, de manière à pouvoir rebrousser chemin en toute discrétion. Il la voyait d'assez loin, mais nettement. Son agitation, ses vêtements improbables, le fourre-tout informe qui lui servait de sac à main, son allure impayable… Il sourit. C'était une femme étonnante. Et mignonne, en plus… Dans d'autres circonstances, il aurait pu… Mais elle avait façonné elle-même son propre malheur. Sur tous les continents, dans tous les pays du monde, la curiosité était toujours source de complications. C'était une leçon à retenir dès l'enfance.

Elle s'apercevait maintenant qu'elle n'avait pas de montre. Elle semblait paniquer. C'était bon signe. Ce n'était qu'une petite curieuse qui n'avait pas les moyens de ses ambitions. Elle l'avait provoqué, mais elle avait peur d'affronter des conséquences qu'elle n'avait pas mesurées.

Tout va bien, chère Tiphaine Cavendish, comme vous l'avez noté, il reste à peine cinq minutes avant que surgisse celui que vous avez défié, celui que vous croyez menacer, celui que vous attendez. Va-t-il seulement montrer son museau, l'animal ? Ah, rien n'est décidé encore ! Il est d'abord venu pour voir, il a vu. Pour la suite, il n'a rien prévu.

Plus il l'observait, plus il sentait que la situation tournait à son avantage. Il était arrivé un peu inquiet, mais son inquiétude rétrécissait, comme une flaque d'eau séchant au soleil. Oui, c'est exactement cela. C'était bien cette sensation qu'il éprouvait.

Avait-elle voulu lui tendre un piège ? Il aurait fallu être le roi des imbéciles pour s'y laisser prendre. Elle avait joué avec le feu, et elle était en train de se brûler. Que croyait-elle, cette douce rêveuse ? Si elle avait espéré l'intimider, c'était raté. Bien sûr il avait fait le déplacement. Il avait même éprouvé des instants de panique lorsqu'il lui avait fallu changer la roue de sa lourde Volvo. Mais là, c'était fini. Au tour de la Française d'être coincée, prise à son propre piège, de se débattre avec des questions sans réponses…

Elle avait l'air de plus en plus inquiète. Après avoir entrepris une fouille désordonnée et nerveuse de son grand sac, la voilà qui se retournait. Elle devait se sentir observée. Mais elle cherchait du mauvais côté, sur sa gauche. Elle levait maintenant le nez vers le panneau d'affichage, une façon comme une autre de se donner une contenance, avant de faire mine de se renseigner auprès d'une hôtesse.

Il commençait à savoir ce qu'il allait faire. Son déplacement jusqu'à l'aéroport de Bodø avait été une bonne chose, au bout du compte. Tiphaine Cavendish, en croyant le manipuler, s'était emmêlée dans les fils de la marionnette. C'était elle qui trébuchait, qui allait tomber. Bientôt elle serait à terre. L'attaque viendrait de lui, à un moment où elle ne s'y attendrait pas. C'était bien français, ça, ce côté crâneur. Regardez comme je suis forte, regardez comme je suis belle, regardez comme je suis intelligente… Cette assurance, ce mépris…

Il dut mettre sa grosse main devant sa bouche pour que son rire sonore ne traverse pas le hall de l'aéroport jusqu'aux si mignonnes oreilles de Tiphaine Cavendish. *Oh, darling* ! *oh, sweetheart*[1] !

Il n'allait pas se montrer. Il était très bien, là où il était. Près de la sortie.

Et il comptait bien sortir en beauté.

---

1. (angl.) Oh, ma chérie ! Oh, mon petit cœur !

31

22 juin, tard après le dîner, coup de froid, et retour du fulmar boréal.

Enfin ! Dad est là. C'est pas trop tôt ! On est tous contents. Pour être un peu plus précis, nous avons tous les trois été très heureux de revoir Christopher Cavendish en forme, en bonne santé et de bonne humeur. Ça, c'était au moment de son arrivée à l'aéroport de Bodø, puis en voiture, et ensuite dans la maison rouge pendant une heure ou deux. J'ai oublié de préciser que lui aussi était ravi de nous retrouver. C'étaient les minutes dont nous avions tous rêvé.

Je ne sais plus de quelle manière l'ambiance s'est détériorée, mais ça a fini par déraper. Tout doucement. Après toutes les questions que nous avons posées, Olive et moi surtout, on a eu une longue conversation qui partait dans tous les sens. Chacun de nous a mis des trucs et des machins à lui dans le maelström Cavendish. On a mélangé : des recettes de cuisine, des oiseaux de mer, des observations météo, des Norvégiens, du soleil de minuit, des pages de livre, des fichiers perdus, les aventures de Double-Fond, celles de Germaine, celles de Punaise, un attentat à Dubaï, des morts, la rue de Paradis, la gare du Nord, les devoirs d'allemand, la prochaine année scolaire, des vacances en Bretagne... et soudain la Grande Muraille de Chine qui a tout fichu par terre !

Mais avant d'aller en Chine (c'est bien de ça qu'il s'agit), et après avoir embrassé notre père et posé nos questions, Olivia et moi, on est retombés comme deux vieux soufflés fatigués (souris, Olive, j'essaie de penser cuisine, rien que pour te faire plaisir) : le vétérinaire nous restait sur l'estomac.

À l'aéroport, notre piège a complètement foiré. En partie à cause de Chouchen, en partie à cause de nous. Dans ce bâtiment plutôt petit, il y avait un trafic terrible. Entre les groupes qui s'envolaient pour Tromsø et ceux qui arrivaient d'Oslo, de Bergen, de Trondheim ou de Stavanger, c'était un bazar noir. On a eu beau guetter, et tenter d'y voir clair, on n'a pas vu Illen, on a vu des vétos partout et on n'a vu personne. Mais Lui, il a peut-

être vu Chouchen traîner devant le comptoir Braathens à l'heure du rendez-vous. C'est possible. Qu'est-ce qu'il va faire maintenant qu'il se sent menacé ?

L'arrivée de Fuseau-horaire a dissipé les nuages. Tout à notre joie des retrouvailles, Olive et moi avons oublié L'Élan et le véto. La seule réalité, c'était le retour de Dad, avec le retard habituel, point. Avec les cadeaux habituels aussi, c'est-à-dire pas terribles : une rose des vents pour moi, un kilo d'épices bizarroïdes pour Olive, une surprise pour Chouchen qui est restée à Paris. La surprise, pas Chouchen. Olive va encore dire que je me fais des histoires avec rien du tout, mais moi, je ne crois pas à la surprise qui attend à Paris, je pense que Dad a oublié de prévoir un cadeau pour Chouchen.

Je m'énerve tout seul car je voudrais, ici et maintenant, tout raconter en même temps. C'est Dad qui me perturbe. On l'attend, on l'attend... on l'attend ! Et quand il arrive, on ne sait pas par quel bout l'attraper, on ne sait pas quoi lui dire en premier, on ne sait pas quoi faire avec lui. Et lui aussi est maladroit et empressé. Des fois, j'aimerais que tout se fige, que le temps s'arrête et qu'on cesse de se courir après. Qu'on soit une vraie famille qui fait des choses normales et qui a une vie simple. Enfin, je n'en suis pas sûr...

Je sens qu'avec l'arrivée de Fuseau-horaire, une page de notre séjour à Mørden se tourne. La page la plus mystérieuse, la plus noire, celle à laquelle il ne participe jamais. C'est à la fois bien et décevant. Tu es d'accord, Olive ?

Donc, après les échanges rituels de cadeaux entre explorateur en visite et tribu autochtone, les difficultés sont apparues. On propose à Christopher Cavendish d'aller travailler en Chine pendant trois ans. Formidable. Avec voyage pour l'Europe tous les ans. Beaucoup moins drôle. Pour Tiphaine, la Chine, c'est la possibilité d'apprendre le mandarin plus vite, sauf que son travail se passe en Europe et qu'on ne pourra pas aller retrouver Fuseau-horaire aussi facilement. Problème.

Lorsque nos chers parents ont abordé gentiment leur discussion, Olive et moi avons tenté une diversion. D'abord pour montrer qu'on était là, et que la Grande Muraille, qui avait attendu deux mille deux cents ans, pouvait encore attendre jusqu'à demain. Mais surtout parce qu'on mourait d'envie de poser à Chouchen LA question : est-ce qu'elle avait vu Illen ? Olive, tout en commençant à sortir ses plats et ses gamelles pour le dîner, a eu l'idée de demander à quoi ressemblait le vétérinaire. Elle se disait qu'on pourrait comparer son portrait à toutes les têtes louches ou supposées louches qu'on avait repérées. Chouchen a viré Sardine aussitôt. Olive avait posé sa question brutalement, sans y mettre les formes, sans transition.

– Olivia, je te signale que je parle à ton père. Je te signale aussi qu'il vient d'arriver, et que vous pourriez vous montrer un peu plus attentifs.

– Je voulais juste savoir à quoi ressemblait Illen, c'est pas la mer à boire quand même...

Il y a eu un grand silence frisé. J'ai senti qu'Olivia se rendait compte de son erreur. Blurp, *a glougloutéé sa gorge qui tentait, un peu tard, de ravaler ses derniers mots.* Tssssssit, *ont sifflé les yeux noisette de Tiphaine en virant au rouge.* Gououlb, *ont roucoulé les joues de Dad qui s'interrogeaient dans le vide.* Chuichhhh, *ont chuinté mes paupières qui n'en croyaient pas leurs yeux. On se préparait à passer une sale soirée.*

Olive a brisé le silence en cognant ses casseroles, les parents ont repris leur échange, en plus détendu. Je me suis rapproché de Germaine, histoire de me donner une contenance, avec une idée fixe. Comment reprendre la question d'Olive et la poser de nouveau à La Sardine, mais avec succès ?

Le dîner a été pénible. Il y avait de la lourdeur dans l'air. En surface, rien à dire. Dans les grandes profondeurs, beaucoup moins bien. La Grande Muraille de

Chine se dressait entre Fuseau-horaire et La Sardine, et des saumons se disputaient un cadavre…

Je n'ai pas réussi à reparler d'Illen. Il y avait trop d'électricité dans l'air. Au moment du dessert, j'ai regardé mon père et je me suis dit qu'à certains moments il me faisait penser à un fulmar boréal. Cet oiseau pélagique[1]*, qui ne se rend à terre que par nécessité, pour se reproduire, est parfaitement adapté au milieu aérien, comme Fuseau-horaire. C'est ce qu'on appelle un voilier. Et surtout, le fulmar boréal est pourvu d'une glande de dessalage de l'eau de mer, ce qui lui permet de boire n'importe où et de voyager loin. Il rejette le sel par de drôles de narines en forme de tube, au-dessus du bec. Je me suis demandé si ce n'étaient pas nos histoires que Dad* dessalait *lorsqu'il nous retrouvait. Il était là à table, nous écoutant, nous répondant, nous parlant aussi de Dubaï, avec parfois l'air d'être ailleurs, de* filtrer *notre vie sans lui pour mieux s'y adapter. N'était-il pas, comme tout grand voyageur, un éternel étranger ?*

Le dîner s'est terminé dans une sorte de douceur. Nous étions bien ensemble malgré tout. Mais dans une

1. Oiseau de haute mer, qui vit très peu à terre.

sorte de tristesse aussi à cause de cette fichue Grande Muraille de Chine, de toutes ces murailles que nos voyages construisent.

Olive n'avait pas envie d'écrire dans le log book. *Et moi je voulais raconter ça. Avant de m'endormir. Pour pouvoir m'endormir.*

32

Knut Illen avait vite compris que la Française ne l'avait pas choisi par hasard pour se renseigner sur l'élevage des saumons. Il n'avait pas été dupe de sa voix douce et de ses manières évaporées. Après avoir lancé négligemment le nom de Strøm, elle s'était mise à tortiller ses cheveux comme une gosse, et il aurait presque juré voir trembler son petit museau de souris tellement elle était mal à l'aise. C'était elle évidemment qui, en fin de matinée, avait envoyé le SMS signé Olrik. Elle avait pris soin de masquer son numéro, mais qui d'autre aurait pu avoir une idée aussi machiavélique ? D'ailleurs elle était allée au rendez-vous, il l'avait observée de loin devant le comptoir de la Braathens, exaspérée de ne pas le voir.

Il n'avait pas l'intention de laisser cette petite souris fourrer son nez dans ses affaires. Les choses avaient suffisamment mal commencé avec Strøm.

Pourquoi cet imbécile d'éleveur s'était-il suicidé, alors qu'Illen était prêt à « oublier » le nitrite en échange de quelques paquets de couronnes ? Helgelund, qui n'était pas né de la dernière pluie, avait deviné la vérité. Mais Illen lui avait donné rendez-vous à la ferme aquacole, et là, il lui avait réglé son compte avant de le donner en pâture à ses saumons.

Tiphaine Cavendish était tout à fait capable de remuer ciel et terre pour déclencher une enquête. Il connaissait ce genre de femme : l'œil vague, un sourire énigmatique fiché sur les lèvres, elle allait fouiner de tous côtés à la recherche d'indices. Il l'en empêcherait. Elle allait regretter amèrement d'être venue sans son mari.

Le vétérinaire quitta sa maison à trois heures du matin. Le soleil avait repris son ascension depuis déjà deux heures, mais le risque d'être vu était à peu près nul car les noctambules étaient enfin rentrés chez eux, et même les pêcheurs et les boulangers dormaient encore.

La Cavendish avait mentionné la maison rouge de Mme Andersen. Illen savait parfaitement où elle se trouvait et se félicitait de son isolement. Le plus proche voisin, Helgelund, ne risquait pas de remarquer quoi que ce soit ! Il gagna la maison en marchant très vite.

Le clapotement paresseux de la mer ne montait pas jusqu'à lui et les oiseaux étaient encore endormis. On aurait pu se croire au commencement du monde.

Un coup d'œil circulaire lui permit de repérer les lieux. Il se dirigea vers la petite construction de bois qui servait de garage. À côté de la voiture, une vieille pagaie traînait par terre. Il la ramassa en se disant que cela pourrait toujours servir, puis s'approcha de la maison.

Il eut un instant d'appréhension au moment de poser la main sur la poignée de la porte. La petite souris intrépide s'était-elle adaptée aux usages locaux, ou avait-elle peur de dormir seule dans une maison ouverte à tous vents ?

La porte résista à sa pression. Maudissant les coutumes françaises, il examina la maison avec soin. Il ne tarda pas à remarquer, sur l'arrière, une fenêtre plus petite que les autres, qui devait donner dans une sorte d'office ou de buanderie et qui était restée entrouverte.

Il posa la pagaie debout contre le mur et entama son escalade. Il y avait bien longtemps qu'il ne s'était pas livré à ce genre d'exercice, mais la pratique régulière de la navigation le maintenait en excellente forme. D'un violent coup de rein, il passa son buste à l'intérieur de la pièce, avança les deux bras pour freiner sa chute et, lentement, fit basculer tout son corps. Il tendit le bras pour récupérer la pagaie. Le plus dur était fait, il ne lui restait plus qu'à régler son compte à la Française.

Il se dirigea vers l'escalier. Maintenant que le moment approchait, les choses lui semblaient beaucoup moins faciles. Avec Helgelund, tout s'était passé très vite, dans la panique et la fureur d'avoir été démasqué. Se jeter sur une femme endormie allait exiger beaucoup plus de sang-froid. Cependant il n'avait pas le choix. Il avait pensé un moment venir ici dans la journée pour tenter de découvrir ce que la Française savait exactement. Mais cela aurait été stupide, cela n'aurait pu que confirmer ses soupçons. La faire taire définitivement était la seule issue, ce n'était plus le moment d'avoir des états d'âme. Elle était si frêle qu'il n'aurait aucun mal à lui serrer la gorge.

Un couinement désagréable se fit entendre au premier étage, le grincement d'une porte que l'on ouvre. Sur le palier, une lame de parquet craqua. Puis une autre. Le bruit se rapprocha, s'intensifia. Illen croyait presque entendre respirer sa future victime.

Et soudain elle fut proche de lui.

Trois petites explosions déchirèrent alors le silence. Trois éternuements vigoureux.

Il raffermit les mains sur son arme, la leva, prit son élan.

Déjà la pagaie avait rencontré la masse ferme d'un crâne. Le vétérinaire vit s'effondrer devant lui un très jeune adolescent revêtu d'un tee-shirt et d'un caleçon.

Il resta pétrifié. Qui était ce gosse ? Pourquoi Tiphaine Cavendish n'avait-elle pas mentionné la présence de son gamin ?

Au point où il en était, il n'avait plus le choix. Il grimpa l'escalier deux marches à la fois, aperçut deux portes entrouvertes – la salle de bains et la chambre du garçon, certainement –, et deux autres qui étaient fermées. Il se décida au hasard, avança vers la plus proche, tourna le loquet…

– *Who the hell are you*[1] ?

Illen se trouvait face à une sorte de bloc de granit : un homme d'âge mûr, aux épaules massives et aux pectoraux de lutteur. Odin[2] descendu sur terre.

De surprise, le vétérinaire lâcha la pagaie. Puis, se ressaisissant, il leva les bras. L'autre lui attrapa les deux index et les retourna avec une force prodigieuse. Illen entendit ses os craquer. Il tomba à genoux.

---

1. (angl.) Qui diable êtes-vous ?
2. Dieu des guerriers dans la mythologie nordique.

Alors, d'un coup de pied sous le menton, l'homme l'expédia au sol. La tête d'Illen heurta la balustrade. Un gong résonna dans son crâne, puis des voix crièrent en français. Les Cavendish étaient toute une tribu, il n'avait aucune chance de s'en tirer !

Il voulut se redresser. Un coup de pagaie manqua lui trancher le nez.

– *Har nåde ! Hjelp*[1] *!* chuchota-t-il d'une voix éteinte.

Un brouillard opaque se répandit par vagues dans son cerveau.

---

1. (norv.) Ayez pitié ! Au secours !

log book

33

24 juin, 8:12:17, l'estomac comme un ballon de foot, la tête aussi spongieuse qu'une balle de tennis après huit jours dans l'eau.

Quelle nuit ! J'ai passé mon temps à courir des toilettes à l'armoire à pharmacie. Je me demande comment les autres arrivent à dormir… Peut-être qu'ils ont moins mangé que moi hier soir ? Mais comment résister à tous ces poissons qui grillaient sur les galets, parfumés avec de l'aneth, du thym et toutes sortes d'herbes aromatiques ? Comment ne pas craquer pour les crevettes ? Et pour les hot dogs à la moutarde sucrée ? Et pour les gaufres ? Pour les tartes aux pommes ? Pour les glaces ? Pour…

Hier soir, Mørden fêtait Sankthans, *c'est-à-dire la Saint-Jean. La Saint-Jean, c'est aujourd'hui, mais on la fête la nuit d'avant. C'est la « nuit » du solstice d'été, la nuit la plus courte de l'année... une fête d'une importance capitale dans les pays du Nord, inutile de préciser pourquoi ! Tout Mørden était là, sur la grève, à se régaler de spécialités norvégiennes, en chantant et en dansant devant un feu aussi haut que la tour de Dad à Dubaï (j'exagère peut-être un peu).*

« Tout Mørden », c'est beaucoup dire, puisqu'il manquait Knut Illen (l'assassin) et Olrik Helgelund (sa victime)... Mais ils étaient tout de même présents, d'une certaine façon, car on ne parlait que d'eux. Et de nous, bien sûr, nous les Cavendish de Paris grâce à qui l'infâme vétérinaire a été arrêté hier matin à 3 :25 :18 (approximativement, j'ai eu tellement peur que je n'ai même pas pensé à regarder ma montre chronomètre), après que Dad l'a anéanti d'une pichenette !

Si on y réfléchit bien, on a tous participé à cet événement spectaculaire :

C'est Jonathan qui a déclenché toute l'affaire en lisant un SMS de travers... C'est lui qui a repéré l'ordinateur permettant d'observer le fond de l'eau (et donc de découvrir le cadavre), qui a insisté pour fouiller la maison d'Olrik, trouvé les analyses du vétérinaire de Mo i Rana... Et en plus il a failli laisser sa vie dans l'aventure, après le coup de pagaie d'Illen.

Plus modestement (!), c'est moi qui ai eu l'idée d'aller à la ferme aquacole (mais c'est Jon qui a ramé), moi qui ai compris qu'Olrik n'était sûrement pas chez lui et qu'on pouvait s'y risquer sans danger, et qui ai convaincu Chouchen d'aller cuisiner Illen. Et puis tu vas encore me traiter de panse de brebis farcie, Jonathan, mais si je n'avais pas pensé à apporter de quoi manger à Elfi, on n'aurait jamais trouvé les analyses demandées par Olrik ! Enfin, surtout, SURTOUT, Jon, c'est MOI qui ai compris que KILLER = K ILLEN.

En fin de compte, c'est grâce à Chouchen qu'on a soupçonné Illen. Elle nous énerve parfois avec ses interviews, mais sans elle on n'aurait sûrement jamais su que le vétérinaire avait récupéré le portable d'Olrik. Par contre, elle nous a bien embrouillés en nous parlant d'Elfi et de son cocard...

Dad, lui, a été sympa de retarder son arrivée pour nous laisser le temps d'avancer. Mais là où il a fait très fort, c'est en se levant au moment pile où Illen s'apprêtait à nous assassiner !

Enfin, il ne faut pas oublier Stal et tout ce qu'il nous a appris à propos de la clique des éleveurs... Il était à la fête d'hier soir, bien sûr. On a discuté très longtemps tous les deux, pendant que Jon donnait à Dad un cours d'ornithologie et que Chouchen interviewait un historien spécialisé dans l'histoire des Vikings. Je ne m'en étais jamais sortie si bien en anglais et la soirée commençait vraiment à être géniale... jusqu'au moment où la joueuse de rugby est arrivée. Là, allez savoir pourquoi, mon accent a tout à coup eu l'air de poser des problèmes à Stal. De deux choses l'une : ou c'était moi qui perdait les pédales, ou c'était lui qui n'écoutait plus.

J'ai fait celle qui n'avait rien remarqué et je les ai plantés là sous prétexte de me rapprocher du feu pour me réchauffer. C'était vrai, d'ailleurs, j'avais froid. C'était peut-être le contrecoup ? Je me sentais un peu perdue au milieu de tous ces gens, j'ai eu envie d'aller rejoindre Chouchen.

Elle venait d'en terminer avec son historien. Il paraît que les chefs vikings, autrefois, étaient enterrés avec leur bateau. J'ai pensé à Olrik saucissonné dans le youyou d'Illen, et ça m'a fait froid dans le dos... Chouchen l'a tout de suite vu. En fait, elle est moins distraite qu'on ne le croit. Elle m'a dit :

– Ça va aller, ma grande. Tu sais, je sentais bien que vous n'étiez pas comme d'habitude, Jon et toi, et ça m'a un peu tracassée... Si j'avais eu la moindre idée de ce que vous maniganciez, vous auriez passé un sale quart d'heure... Je ne vous conseille pas de recommencer ! Mais je veux bien reconnaître qu'ici tout est si étrange...

Moi-même... Heureusement tout ça est terminé, on devrait pouvoir passer des vacances normales... Enfin, vous !

Pourquoi est-ce qu'elle a dit vous *? Parce qu'elle n'est pas en vacances, elle ? Ou parce qu'elle a l'impression de ne jamais faire les choses normalement ? Les deux, peut-être. De toute façon, chez les Cavendish, rien n'est jamais vraiment normal... Je trouve ça plutôt bien, d'ailleurs. Les familles normales, ça doit être d'un lourd !*

Il y a quand même certaines choses qui sont exactement comme dans les autres familles. Des vacances « normales », pour Chouchen-La Sardine, ça implique des devoirs (d'allemand ou d'autre chose, peu importe, elle a des idées à revendre)... Heureusement, quand Dad est là, on n'a pas trop le temps de travailler. Et avec lui on n'a jamais droit aux petits-pois-crème-de-marrons.

À propos de menu, hier soir Jonathan m'a traitée de « manchotte » qui fait des réserves, sous prétexte que le manchot royal peut garder de la nourriture dans son estomac pendant trois semaines. Mais je me suis renseignée. Ça concerne seulement le mâle, quand il remplace sa compagne à la fin de la couvaison.

Alors, Jon, tu confonds le masculin et le féminin ?

34

24 juin, jour de la Saint-Jean,
piaillements des mouettes tridactyles,
ciel azur, frais.

Je m'étais planté avec mon SMS. C'est vrai. N'empêche que c'est grâce à moi que tout s'est enclenché. Et je ne regrette rien. Deux choses peut-être : ne pas avoir pu aider Elfi, et mon coup de pagaie sur la tête. Bernulf, le mari d'Elfi, était revenu chercher sa femme chez Olrik : c'est pour ça qu'on ne l'avait pas trouvée dans la maison de L'Élan quand on y était retournés. Elfi y a gagné un cocard de plus, avec lequel elle a dû sortir hier soir pour rejoindre la fête sur la plage. Et elle ne pouvait pas vraiment compter sur l'obscurité du soir pour le dissimuler. Surtout qu'hier, c'était le plus beau soleil de minuit de toute ma vie. La lumière à l'horizon n'était qu'un grand feu de Saint-Jean qui embrasait la terre.

C'était beau. Et toute cette sale histoire semblait avoir été jetée dans le grand feu.

À un moment où nous cherchions, à l'ouest, l'endroit exact où le cercle rouge rebondit pour entamer une nouvelle ascension, Olive et moi on s'est pris la main, on a serré, comme si on avait vu tous les deux L'Élan décoller et bondir vers le ciel. Je ne sais pas combien de temps nous sommes restés là, muets comme des mérous. Olivia n'a pas chronométré mais je sais que ça a duré longtemps. Longtemps avant que nos parents nous rejoignent.

Chouchen et Fuseau-horaire s'étaient réconciliés, pas loin de nous. Il serait question de la Grande Muraille plus tard, au calme. Dad avait commencé à parler de Tromsø, l'expédition pour l'hiver *prenait forme, hélas. Chouchen avait fait signe à Olive, et je jurerais bien qu'elles avaient parlé de Stal, ou plutôt de la copine idiote de Stal (je me trompe, Olivia ?).*

J'ai eu un peu de mal à manger du poisson, comme si ce qu'on a vécu m'avait dégoûté du saumon. Tous ces poissons grillés... J'ai pensé à une extermination.

Dad est venu me trouver. J'ai eu cinq secondes l'impression que Chouchen et lui s'étaient donné des consignes : « Attention, enfants fragiles ! » Mais non, il avait son air de Dad très Dad. Pas du tout Fuseau-horaire. Il s'est inquiété de savoir si le Très-Très-

Grand-Nord m'embêtait. J'ai menti un peu : « Ça ira. » Il a explosé de rire, son rire de géant, son rire de bonheur avec mille éclats qui se sont mis à refléter les rayons du soleil de minuit : « OK, son, don't worry[1] ! » *Je me suis marré à mon tour et j'ai eu mal à la tête : le coup de pagaie m'a fait une bosse comme un œuf de manchot empereur. Il m'a pris par l'épaule, j'ai levé la tête vers lui, j'ai fixé son nez : il n'avait plus rien d'un fulmar boréal. C'était Christopher, mon père.*

On a rejoint les autres. J'ai grignoté une tomate gorgée d'eau. Et je me suis mis dans un coin pour me frotter le dessus de la tête.

Mine de rien, j'ai drôlement mal. Je vais attendre un peu avant de saluer un kayak de mer...

---

1. (angl.) OK, fiston, ne t'inquiète pas.

Annexes au dossier

Mørden n'existe pas

Mørden (tout comme ce qui se passe dans ce paisible petit port) n'existe que dans l'imagination des auteurs. Ils aiment trop le saumon (sous toutes ses formes) pour prendre le risque de contrarier des éleveurs réels d'un port réel…

Mais Mørden ressemble comme un frère à des dizaines de petits ports de la côte norvégienne : mêmes maisons colorées, mêmes cercles noirs, à la surface de l'eau, délimitant les filets remplis de saumons, même atmosphère presque irréelle dans la lumière du soleil de minuit…

Dans le coin cuisine avec Olivia

Géographie oblige, en Norvège on se régale presque tous les jours de poisson de mer : colin, cabillaud, morue, et bien sûr saumon. Mariné dans de l'huile d'olive aromatisée au thym, au laurier ou aux clous de girofle, poché, en brochettes ou en carpaccio, fumé, le saumon se mange à toutes les sauces… ou sans sauce !

Quel saumon choisir ?

Jonathan prétend qu'il existe onze genres et soixante-six espèces de saumon. Mais peu importe le genre ou l'espèce, ce qu'il faut, c'est bien choisir le poisson qu'on va cuisiner.

Il doit avoir l'œil brillant et bien bombé. Son corps doit être tout raide et son ventre aussi ferme que s'il faisait régulièrement des abdominaux.

S'il sent bon l'air marin, il y a des chances pour qu'il soit délicieux. Mais si l'odeur est trop forte ou si elle rappelle vaguement une poubelle d'ordures ménagères, il vaut mieux laisser tomber le saumon et acheter de la viande.

Les Norvégiens adorent le ragoût de mouton et mangent beaucoup de gibier : cerf à l'ouest du pays, renne (surtout au nord), et… élan. Après ce qui nous est arrivé avec Olrik, Jon et moi, on s'est promis de ne jamais goûter de la viande d'élan.

Une des spécialités que je réussis le mieux, ce sont les fameux *kjøttkaker* (gâteaux de viande)…

Les Kjøttkaker

Ingrédients (pour environ 30 kjøttkaker)

- 1 kg de viande de bœuf hachée
- 1 œuf
- 2 dl de lait (l'équivalent de 10 cuillerées à soupe)
- farine
- 2 ou 3 gros oignons, sel, poivre

Pour la sauce

- beurre, farine, 1 l de bouillon de légumes (ou bouillon cube)

Légumes

- 1 chou vert bien ferme
- pommes de terre (1 à 3 par personne, selon leur grosseur)

Préparation des *kjøttkaker*

• Couper les oignons en fines lamelles et les faire dorer dans du beurre (c'est meilleur avec du beurre salé). Les mettre de côté.

• Mélanger la viande hachée, l'œuf, le lait, saler et poivrer. Ajouter de la farine pour obtenir une masse ferme.

• Pour former une boulette, prendre une bonne cuillerée à soupe de pâte, la poser sur une planche à découper et l'aplatir avec un couteau.

• Les *kjøttkaker* se cuisent à la poêle, comme des steaks hachés. Une fois cuits, on les met de côté dans un plat à four.

Préparation de la sauce

• Dans une casserole, faire fondre 100 g de beurre et le laisser brunir (jusqu'à ce qu'il soit légèrement coloré).

• Ajouter de la farine pour obtenir une sorte de pâte, et la tourner sur le feu jusqu'à ce que le mélange devienne brun clair.

• Ajouter peu à peu le bouillon de légumes (ou le bouillon cube) en tournant énergiquement pour éviter les grumeaux.

• Saler et poivrer.

• Les Norvégiens ajoutent souvent du geitost, leur fromage de chèvre caramélisé, pour donner du goût.

(Moi, je n'aime pas trop, et Jonathan encore moins.)

• Quand la sauce est prête, y verser les oignons, déposer les *kjøttkaker*, et laisser mijoter quelques minutes à feu doux.

• On accompagne généralement les *kjøttkaker* de chou vert et de pommes de terre.

Des desserts aux fruits

D'après le livre que m'a donné Chouchen, les meilleurs desserts norvégiens se préparent avec des fruits, surtout avec les baies qu'on trouve en quantité en automne : mûres arctiques du Grand Nord (qui sont jaunes), airelles (qu'on utilise aussi parfois pour accompagner la viande), et fraises.

On fait aussi des crêpes roulées en cône et fourrées de crème ou de fruits, des galettes sucrées à la cannelle (les *lefse*), et les fameuses *vafler*, qui sont des gaufres. Elles sont délicieuses avec de la crème ou de la confiture d'airelles, nettement moins avec le fameux fromage de chèvre…

Un petit déj' qui tient au corps

Comme dans beaucoup de pays froids, le petit déjeuner norvégien est très copieux. Trop, d'après Chouchen… Saumon fumé, hareng saur, viande froide, saucisses, fromage… Céréales, muesli… Fruits… Café ou thé selon les goûts…

J'ai failli oublier le pain… Capital, en Norvège ! Pour le petit déjeuner, les Norvégiens préfèrent le pain noir, mais on a aussi le choix entre *loff* (pain blanc), *flatbrød* (une espèce de pain azyme), *bolle* (pains aux raisins), *wienerbrød* (pains aux fruits ou aux noix)… J'en oublie sûrement !

Après ça, on peut attendre le déjeuner ! Le dîner est le repas principal de la journée. Il se prend à la sortie du travail en fin d'après-midi, vers 17 ou 18 heures.

Le xumètre

Historique

Inventé en 1927 par Tomas Skötte, ingénieur hydraulicien et sous-marinier autrichien, le xumètre permet de mesurer les échappées vibratoires des ondes xu, émises, aussi bien dans les hauts-fonds que les grands fonds, par tout vertébré inférieur vivant dans l'eau et muni de nageoires. Les premières expériences de Skötte furent effectuées sur les ondes des brochets, sandres et ombles chevaliers. Mais le poids (1 751 kg) de ce xumètre fabriqué en fonte blanche fit couler l'aviso *Schlafensiegut*, sur lequel il était embarqué, dans la nuit du 13 au 14 juillet 1928. Tomas Skötte réchappa du naufrage et décida de fabriquer son xumètre dans un matériau plus léger : la Bakélite. En moins de six mois, Skötte ramena les dimensions de son invention à des proportions et un poids raisonnables : L 80 × P 48 × H 78 ; 139,3 kg de Bakélite aérienne, le xumètre moderne à trois tiroirs était né !

Lors de la Seconde Guerre mondiale, ce petit appareil permit aux sous-mariniers des U-Boot[1] de s'approvisionner en poisson frais grâce à la détection des ondes xu émises par les saumons de la mer du Nord. Le xumètre de Skötte contribua ainsi à la très grande autonomie des sous-marins allemands.

1. Sous-marins allemands.

Principes

Le **xumètre embarqué** et le petit xumètre de laboratoire partagent les mêmes principes de fonctionnement : le rayonnement ardan ; la double réception piquée. C'est dans leur intersection ondulatoire que l'appareil interagit et donne sa pleine mesure : les ondes xu grimpent au rideau.

Description de l'appareil

Le **xumètre embarqué**, aujourd'hui tendu en carbone végétal, comporte toujours ses trois tiroirs d'origine. Le petit tiroir du haut permet de ranger les clés et la monnaie, celui du milieu contient la série des mots de passe, le gros tiroir du bas engrange les éclairs mauves.

Forme : cubique allongée. Dimensions : L 60 × P 24 × H 55. Poids : 3,7 kg. De couleur noir-sifflant (vert-patate en option). 12 m de tuyau coudé de 0,15 de section, formant un 8 à coulisse rétroéclairée. Trois roulettes de déplacement pour sondes comparatives. Un câble UFJ-11 relie l'appareil à la sortie du Salstraumen (en cas de besoin).

Le **petit xumètre de laboratoi**re, moulé dans un ester de colza solidifié, ne comporte pas de tiroirs (l'avantage de la fleur de colza, plus *souploïde* que le carbone végétal). Sa puce savante de synthèse accomplit tout le travail sans un mot.

Forme : ovoïde tronqué. Dimensions : tient dans la main. Poids : 191 g. De couleur bleu-archange (intérieur cuir en option). 3 m de tube vespéral de 0,0037 de section, assez difficile à brancher sur la pédale wa-wa de démarrage.

Précautions d'emploi

Le **xumètre embarqué** ne supporte pas le voisinage du fulmar boréal. Les glandes de dessalage de l'oiseau pélagique pourraient perturber le déclenchement des éclairs mauves, et, par voie de conséquence, faire grincer le gros tiroir du bas. Le technicien de maintenance veillera bien à ne pas faire interférer ses clés de voiture avec les clés de l'appareil.

Le **petit xumètre de laboratoire** peut s'avérer instable, surtout dans sa version cuir, lorsque le tube vespéral est manipulé sans précaution. Il convient de brandir le tube au ponant en répétant (de trois à sept fois) : Qui va piano est mère de sûreté ! Ensuite, seulement, on peut entreprendre en toute quiétude le relevé des ondes xu.

Remerciements

Nicodème & Lefèvre tiennent à remercier en particulier :

Jeanne Aristides, Anne-Laure Ciquet et Fabien Venoz, leurs correspondants à Stavanger et à Bergen, pour leurs précieuses informations ;

Claude Combet pour ses relectures minutieuses et ses encouragements constants ;

Sophie et Christophe David, pour leur indéfectible soutien ;

Blandine et Xavier Dupas, linguistes de terrain, qui se mouillèrent sur une plage d'Oléron ;

Laura et Marion, les Inoxydables, pour leur contribution au lexique (notamment : « Il a les boules, il a les glandes, il a les crottes de nez qui pendent ! ») ;

Christine Murillo, Jean-Claude Leguay et Grégoire Œstermann, les auteurs du *Baleinié. Dictionnaire des tracas*, auxquels il fut emprunté sans coup férir l'entrée Xu (dans l'ouvrage susnommé, il s'agit d'un « objet bien rangé mais où ? ») ;

Olivier Marchon, auteur de *Ça tombe de source*, « un livre à se mourir la poire » duquel il a été prélevé de quoi nourrir les précautions d'emploi du xumètre (petit modèle, dit de laboratoire) ;

Les rédacteurs pélagiques de www.oiseaux.net, très farlouses et pas mal pipit, dont les lumières ont éclairé Jonathan ;

Les contributeurs polaires de www.norvege-fr.com pour la recette des *kjøttkake*r.

Béatrice Nicodème

Comme l'aiguille d'une boussole, **Béatrice Nicodème** préfère le Nord au Sud. Comme Tiphaine Cavendish, elle se passionne pour les meurtres mystérieux. Comme Olivia, les expériences culinaires l'amusent. Comme Jonathan, elle a possédé une tillandsia. Mais, contrairement à lui, elle n'a pas su la faire prospérer…

Plus sérieusement, elle est tombée dans le roman policier en lisant *Le Chien des Baskerville* et n'a jamais cherché, depuis, à guérir de cette agréable maladie. Elle s'y consacre depuis une vingtaine d'années en la déclinant sous diverses formes (énigme, suspense psychologique, thriller, roman historique), et pour tous les âges (de 7 à 99 ans). Elle vit le plus souvent dans la région parisienne mais adorerait avoir plusieurs maisons, parmi lesquelles une maison rouge dans un petit port norvégien.

Quelques titres du même auteur :

Le Secret de la cathédrale, « Livre de Poche Jeunesse », Hachette
Y a-t-il un assassin dans l'immeuble ? « Livre de Poche Jeunesse », Hachette
Le Mystère des doubles fonds, « Livre de Poche Jeunesse », Hachette
Un rival pour Sherlock Holmes, « Livre de Poche Jeunesse », Hachette
Wiggins et les plans de l'ingénieur, « Souris Noire », Syros
Wiggins et Sherlock contre Napoléon, « Souris Noire », Syros
Wiggins apprenti détective, « Souris Noire » (hors série), Syros
Le Garçon d'en face, « Journal Secret », J'ai Lu
Les Cauchemars de Cassandre, « Histoires noires de la mythologie », Nathan

www.beatrice-nicodeme.com

Thierry Lefèvre

Comme Olivia, **Thierry Lefèvre** fait attention à l'heure – il ne faudrait pas qu'elle disparaisse. Il partage avec Jonathan une curiosité pour les machines complexes et les inventions fabuleuses. Comme lui, il a aussi une passion pour les néologismes et les formules étranges : refusant d'être le dindon du rouleau, il lui arrive parfois d'être au bout de la farce.

Il écrit des romans, policiers ou non, et de la poésie. Il fuit les classements et les tiroirs, préférant mélanger les genres : moucheter un polar de touches de poésie, semer un mystère au fond d'un poème. Il rêve de s'installer à Å, sur l'île de Moskenesøya, pour y imaginer un livre sans fin.

Sinon, il aime bien les radis.

Quelques titres du même auteur :

Ce qui compte dans le premier baiser, « Les romans bleus », Gulf Stream
Je t'attends (avec Françoise Grard), « Tribal », Flammarion
Les Treize Oreilles, « Souris noire », Syros
Monsieur Cinq, « Les petits polars », Actes Sud Junior
L'Affaire du Petit-Maroc, « Les petits polars », Actes Sud Junior
L'Assassin à la fourchette, « Les petits polars », Actes Sud Junior
N'a-qu'un-œil, « Les petits polars », Actes Sud Junior
Fées rosses et magichiens, « Des poèmes plein les poches », Actes Sud Junior
Les Ogresses vertes, « Des poèmes plein les poches », Actes Sud Junior

www.thierry-lefevre.com

Retrouvez

EUROPA

en grand format

Dossier Mørden
Deux morts à Venise
Noirs complots sur Bruxelles
Sale nuit à Londres

Loi n° 49956 du 16 juillet 1949
sur les publications destinées à la jeunesse
ISBN 978-2-09-252426-8

N° éditeur : 10156546 – Dépôt légal : avril 2009
Imprimé en France par CPI-Hérissey à Évreux (Eure) - N° 110842